修身與我，
有時
還有小牛

梁正群

目 次

修身與我，有時還有……

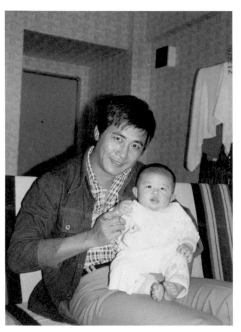

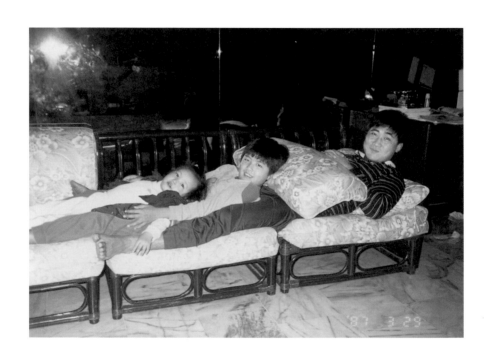

修身與我，有時還有……

修身與我，有時還有……

修身與我，有時還有……

修身一家人

——張大春

Lily Franky（中川雅也）2005年出版的名著《東京鐵塔》有個耐人尋味的副標題：「老媽和我，有時還有老爸」。這個副題已經明確地將作者破碎的家庭以一種輕嘲的口吻一筆勾魂。我們讀到了一個溫暖而堅毅的母親如何以大半生的歲月、以及過人的耐心和智慧去不停地補綴一個破碎的家，使之在生命的成長中完整甚至飽滿。

和中川雅也一樣，正群的第一本書《修身與我，有時還有小牛》，借用了這個副題的修辭模式，也許有他刻意輕盈、風趣而且貼近生活趣味的用意。不過，在我看來，數十年很難一言以蔽之的成長點滴，終於在一種帶著補綴氣氛的敘述中也顯現出完整與飽滿的神采。

正群不是專業作家，說起涉及三代人物，說起打散又重組的家庭，以及因為愛與婚姻、責任與期許、理想的差異和自由的允諾……種種既平凡又沉重的故事來，卻有著令我蕩氣迴腸且不時會心大笑和掩卷深思的力量。他掌握了極為難能可貴的敘述距離，使為人子、弟、為人兄以及為人夫、為人友的種種處境，都

能夠和相對的父親、哥哥、妹妹和妻子與友人得到傳神的寫照。

　　我一向尊敬如兄長的修身並不太意外地在書裡提供了我們最多莞爾一笑的材料。在過往數十年的演藝生涯之中，修身從來就是陽光青年和民族英雄的混合體，他質樸甚至稚拙的性格，要如何應對四個性格突出、渴望獨立、又需要大量貼身關愛與照料的兒女在成長中各種迫切的需求呢？透過正群細膩的描述，我們的確可以清楚地捕捉到一個看來除了深愛、切責與寬容之外，在言辭表達上總顯得木訥的父親，畢竟展現了男主角的捉襟見肘。

　　老實說，我在《修身與我，有時還有小牛》裡，的確是隨時替民族英雄提心吊膽的；這不光是因為修身自己有一個比嚴厲更嚴厲一點的父親，很可能是因為我總覺得我是一個沒有資格正兒八經談教養問題的父親。教養的艱難與諸般困擾、衝撞，似乎都在飛速流逝的時光中自行消解了。

　　然而，從下一代的角度看來，正群和他的兄妹似乎並沒有因為青少年時期遠渡重洋的經驗而放逐了有意義的成長自覺，他們相互扶持、鼓舞，度過父母不在身邊的歲月，而且在寂寥與渴望中，似乎都帶著一份豁達與幽默。這不是平凡的能力。

　　是正群犀利而沉穩的筆觸，帶領我揣摩：當生命開向遙遠陌生

的角落，有時候還會因爲相愛之人珍重對方的心意所誘發的壓力，使我們偏離了原先的航程，甚或失去了繼續前行的動能。在許多蕩開的筆墨裡，正群暫時放下家族成員與個人知見的細膩糾結，他寫馬拉松、寫NBA賽事和球星、寫公路旅行，寫在劇組的工作經歷。這些都不是扯閒篇，在生命中堪稱佈景的遙遠風雲，幾乎都反應著正群內心的波濤起伏。

雖然在書中有一個段落，正群坦白自認不會表演，對於一個演員來說，這可能是非常需要勇氣的事。然而我必須說：正群啊！你的書，讓多少難以表述的近身人物都能活靈活現地重演真實的人生片段，這就算不是模擬一個角色的能力，你也已經能夠創造出迷人的情節了。

我比修身矮半輩，比正群癡長半輩。我與修身交遊多些，倆人飲饌時，我情不自禁地分分秒秒都帶著敬意。但是從正群的筆下，我才發現這位兄長也似的友人真該是一個戲劇裡的典型人物，不是民族英雄，是英雄。

梁正群要出書了

——吳定謙

2008某個夏日，我抱著極度緊張的心情走進民生東路的一棟大樓，參與一齣電視劇的試鏡。面試過程還算順利，就算心中忐忑不安，這樣的場合也還是得硬著頭皮裝著一派輕鬆，表現出這個角色就是非你莫屬的自信。

「那你們兩個對個詞如何？」負責選角的人突然指著我和坐在一旁一位外表靦腆、不發一語的大男孩這樣說，我們互相簡單自我介紹，便拿起台詞你一句我一句地唸了起來。劇本主要內容是講一對在眷村長大的好哥兒們，我沒住過眷村，跟眼前這位看起來一派輕鬆的仁兄也素昧平生，哪可能唸出什麼感動人心的兄弟情誼？硬著頭皮唸完台詞，腦子一片空白，回過神來只記得滿滿的心虛。

試鏡結束，我和輕鬆哥一起走出大樓，儘管心情還停留在方才緊張的情緒，卻也還是得故作鎮定稍微「social」一下。「我開車來，要不要載你去哪？」他一開始客氣婉拒，但不敵我莫名的堅持，就這樣上了我的副駕駛座。

「你等下要去哪？」我問。

「喔，我去電台錄節目。」（原來他還有副業是個DJ）

「好喔！我下次聽聽看。」

「沒關係啦，那個時段其實沒什麼人在聽。」

（沉默）

「所以你爸是×××喔？」

「喔對啊，所以你爸是×××？」

「對啊。」

（稍長的沉默）

「咦？他是不是住在新店？」

「對，你呢？」

「喔！我也住新店。」

（更長的沉默）

「你這邊放我下車就好了，感謝感謝。」

「不會啦，有機會再約。」

「好喔，這是我臉書，加一下。」

「好，掰掰。」

「掰。」

這大概就是我第一次見到梁正群的場景，兩個人講的台詞比聊天內容還多，最後還加上尷尬的收尾，卻發現我們生命裡有些奇妙的共同點。後來，我們都沒有拿到試鏡的角色，但我卻有幸成了他的臉友，閱讀他臉書上發表的一些生活雜感，和一些你往後翻頁會看到的——關於他爸、關於小牛隊的絮絮叨叨。幾年下來，才發現這位外表瀟脫隨性的 AB 型獅子座，其實有著極度纖細敏感的內在。也或許是這樣敏銳又悶（彆）騷（扭）的內心，衍生出一種獨特的梁氏幽默，也帶有微微的自卑感和酸楚。他的文字總能讓你在噗哧一笑和眼眶微濕之間來回擺盪。

　　「欸，寫本書吧！」

　　這句話在認識他的十二年間對他說了數次，因為知道除了演戲、作曲、主持之外，梁正群的文字更能散發他獨特的個人魅力，更讓我佩服的是，他的一字一句都充滿勇氣，去面對那些過去熱愛的、不堪的、父子之間難以名狀的一切，那是我永遠追不上的。

　　當年稚嫩的輕鬆哥現在已是位輕熟大叔，對比當年的我們，好像老了許多、又好像一樣幼稚；但如果再回頭參加一次那場試鏡，我想，我們應該可以毫不費力地唸出那種兄弟之情吧？

有一種眞誠叫正群

——劉冠吟

　　好的，我承認這個標題很俗氣。大家儘管笑我沒關係。

　　一開始認識正群，我是他在中廣節目的來賓。還記得我第一次在中廣的lobby等著上節目的時候，正群從電梯裡走出來，天哪！那個帥度眞是令人無法直視！所以正群在書裡寫著，大家都說他本人比電視上好看，這眞的是眞的啊！（吶喊）當時的正群因爲某次籃球賽中拐到腿，所以來錄音的時候一跛一跛的，但那個跛只爲他增添了不羈的風采，完全沒有減損一絲一毫的帥度（超盲目的愛意）。

　　對於天生偏愛帥男的我，自然不會放棄跟他交流的機會。賣命地在他的節目上說學逗唱，只爲搏群一笑，只差沒有去租一個蚌殼精或老背少的戲服來登場。不過時間久了，發現他跟一般藝人不太一樣，或是說，他跟一般男性都不太一樣。正群在書裡大量地使用「彆扭」、「古怪」、「慢熱」等偏負面的形容詞來描述自己，在我眼中，他就是一個很眞誠的人，「過於眞實」是他一生無法改變的優點跟負累。

演員是一個深深與名利場交纏的工作。我因爲工作，跟演員藝人常有來往，不論大小牌，許多都有勢利的氣息，或是雖然客氣但非常有距離感，你知道那種的來往不是眞誠的，就算共事多久也不會變成朋友。正群是一個永遠無法變成那樣的人，貌似很平淡，但細細地觀察著身邊的人事物，講話聲音很低感覺沒有情緒但在關鍵的時候送出關心。在聊天的時候發現，他對於合作過的企製，都了解對方現在的狀況，也知道對方過得好不好。

　　不知道什麼時候開始，我們從主持人跟來賓，變成了有默契的朋友。碰到好看的電影，一起去電影院看，但他知道我非常愛講話，總會在觀影時全程用淩厲的眼神不時瞪我示意我不要講話；在他猶豫要不要赴對岸發展的時刻，我們相約酒吧，把他心中的糾結全部梳理一遍；在我不小心把鼻子跌斷的時候，他傳了一句：「別擔心，我可以幫你問明星們在哪裡做的。」

　　言歸正傳，看完這本書，我訝異於正群除了帥（是要說幾次帥）之外文筆超級的好，甚至超越很多職業級的寫作者，他能抓住那些幽微的、無法言述的情緒，用幽默又流暢的文字呈現一幕幕充滿畫面感的生命場景。同爲創作者，我敬佩他將自己赤裸裸地呈現在讀者前面，原生家庭的影響、父子情感又深又長的拉扯、那些每次面對自己生命低潮的厭世跟莞爾。一篇一篇的故事，一幕一幕正群跟修身的互動，又遠又近的感情，那些哽在喉

頭說不出口的話，你會發現你看的不只是正群的故事，也是你自己的、那些圍繞在你身邊的。人的生命裡往往不一定有大名大利，來的更多是大哭大落，在這些折騰裡，你會發現自己就像正群，好險還有修身在身邊，好險還有小寶，好險還有音樂，好險還有很奇異的幽默感，生命裡有很多光，讓你波折但仍感幸福。

我還是要說，有一種無可替代的真誠叫做正群，這是一本真實的關於生命的書，讓你哭、讓你笑，讓你在生活中的每個時刻拿起來看，都有一種新的體悟。

對了，正群在書裡說，婆婆媽媽跟阿姨們，都說修身比正群帥，但我媽aka網路紅人阿霞姐aka張曼娟老師好朋友（頭銜寫長一點比較震撼），她再三跟我強調，正群比修身帥！修身，抱歉了。

未完待續

　　拍封面照的前一天，修身臨出門前突然問了一句：「誒，我們明天要穿什麼啊？」我沒意會過來，直接回答我會穿白襯衫、藍牛仔褲，越簡單越好。他又問了一句：「那我呢？我穿什麼？」我這才明白誤會大了，上個月跟他借車去桃園拍照，卻不知道哪裡的溝通錯誤，讓修身以為不只借車還要借人，一起拍父子封面。

　　「噢！沒有啦！我只是要跟你借車！只有我要拍啦！」我用異常活潑的語氣掩飾當下的尷尬，修身感覺不是很在意地表示理解，然後就出門了。關上門的那一秒，我的腦子轉為生性悲觀的超級電腦運算著生性悲觀的可能性。

　　「他是真的不在意嗎？還是只是裝作不在意？還是他要我在意他的不在意？還是他在意我不在意他的在意就算他真的不那麼在意？」

　　越想我的罪惡感越深，像有人塞進一團又一團的濕紙巾到我的肺裡，然後那些紙巾漸漸被我的燥熱烘乾，烘成一球又一球生硬

的紙團，將我窒息。

說白了就是一場誤會，這樣的生活日常卻總在我過度解讀又馬景濤式的內心小劇場裡一次比一次的難受。如果那時的我是一件髒衣服被丟進洗衣機，倒入一匙的道德感和兩匙的妥協，勉強能被洗成稍稍泛黃的白襯衫，直到下一次的大雨來臨。

或許父子相處其實可以很簡單？可能讀完這本書的你會得到些許解答，寫完這本書的我還在找尋。

這本書的催生者有兩位，一位是我在中廣的同事，節目部總監俞君姐，多年前就不斷催促我把和修身的相處趣事集結成冊，讓更多人看見。另一位是我的經紀人 Asa，她不只催促，更身體力行地讓出書這件事成真，因為她相信我的文筆。

為我寫序的三位，也是生命裡的不可或缺。大春老師常與修身把酒言歡，也是我在文字深度上努力追趕的目標；定謙是我認識十多年的兄弟，也真切地幫助我渡過人生最地獄的時候；認識冠吟社長的時間最短，但她現在是我心靈上最重要的導師。

在我對寫作及自己充滿懷疑時，幸好有 Phil 及 Ted 兩位摯友像赤木晴子般的加油打氣，尤其兩位對於文學的涵養及學識幫助我解決了各種疑難雜症。

當然最重要的是我的家人們一直不斷包涵我的各種任性，我愛你們。

過去半年寫作的我就像一隻毛髮雜亂、全身打結的貓，從頭到尾拚了命的梳理，途中不知幾次嘔出大大小小的毛球，終於能夠站在鏡子前無所畏地看著自己。但這都只是過程，一輩子的課題，希望即將往下看的你跟我一起努力，一起做一個更好的人。

楔子　修身與我

我們又吵架了。

不，這不是一對戀人的故事，是一對父子的故事。

父子吵架，稀鬆平常，就像日劇女主泛著淚光的微笑說再見，然後在心頭上打個結，堅強地走下去。但那個結一旦放久了，越拉越緊，就像中午外送來的一袋便當，打不開時只能用剪刀優雅地剪，或者用手硬扯。這本書就是我優雅地拿起油壓剪，試著剪斷我和父親多年的結。

我們姑且暱稱父親爲修身吧。

許哲珮是這麼描寫氣球的，「大的小的圓的扁的，好的壞的美的醜的，新的舊的各種款式，各種花色任你選擇。」我和修身的結，在不同年紀、不同人生階段也會產生各種款式、不同樣貌任君選擇的結，讓父子間的親密稍縱卽逝，讓話語間挑起的神經敏感變得無法預測，就像那一次，我自以爲幽默的討拍。

六年前我正拍著瞿友寧導演的《你照亮我星球》，戲裡我演一位在理想與賣座間不斷拉扯的文青導演，如此的心裡掙扎讓他每日反覆躁鬱，令同劇組的演員及工作人員無所適從。

雖然是我們這圈子的故事，但我沒做過導演，揣摩起來也花了幾分力氣。一般人總會好奇演員是不是都假戲真做？是不是一不小心就愛上國民男友許光漢？事實上真正會把情緒帶回家的是扮演那些與自己反差特別大，或是放大自己某部分隱藏人格的角色。

　　我的易怒體質從我爺爺的基因一路傳下來，到我身上卻被 AB 型的壓抑給制住了，為了演這位脾氣暴躁的導演我將它解鎖，那陣子不管戲裡戲外，全身像在八月天的太陽底下吃著石鍋拌飯的燥，一點耐心也沒有。

　　接著修身要出場了。長輩們除了喜歡互道早安，還有一種強烈的人生態度，簡單來說，「有一種好叫為你好」、「有一種要叫你要不要」。其中後者是句型，常用於委婉的強迫時。譬如「你要不要早點回家啊」、「你要不要打電話跟你妹說叫她早點回家啊」、「你要不要開車載我去木柵站坐捷運吃飯然後吃完你再來餐廳接我回家啊？」

　　所以某天就在前一晚收到類似的句型後，我必須起個大早載修身到桃園機場搭機飛上海，與派駐在那的愛妻來場愛的探望。父子擠在那台號稱最大的小車，上班時間高速公路到處壅塞，如此難得機會，修身當然也要給兒子來點愛的要不要。

「怎麼樣啊？在瞿導那有沒有跟別的演員互動啊？你不要總是一個人悶在那啊！要不要試試多跟其他演員互動呢？」

「我今天碰到王傳一和路斯明！他們現在多好看啊！你要不要像他們多運動呢？要不要乾脆多去跑跑步呢？跑一跑臉皮上下抖動！線條自然就出來了嘛！」

近一個小時車程，車裡塞滿我不帶情感的狀聲詞。看似消極回應實為我積極控制脾氣，因為簡單的幾句問候踩到父子間談話時兩大禁忌──不要討論工作、不要用「互動」這種摩登的詞。

首先，我也不明白為何「互動」這個詞會惹惱我，我只知道當某個傢伙教會修身這個動名詞後，他的字典裡再沒有其他同義詞，譬如「聯絡」、「溝通」、「寒暄」、「套關係」，所有人與人的互動統稱「互動」。「你要多和對面鄰居游叔叔互動」、「你要多上網和你新加坡的二哥二嫂互動」、「你要在殺青酒上多跟三立長官互動」……

好的，Siri。

再來，父子聊工作本來就無可厚非，尤其兩人都是演員，在父慈子孝的夢幻情境裡他能傳授我畢生絕活，我能將新一代的表演

思維反饋於他。但事實上父不慈子不孝的情境裡，他說的每一句都像在訓話，而我反饋的每一句聽起來就是嗆。正所謂「冰凍三尺，非一日之寒」，羅馬不是一天造成的。既然一山不容二虎，道不同，不相為謀。

好了，正群。

回到故事高潮，好不容易開到二航廈，我在滿是送客的車陣中勉強擠進一個人行道旁的位置，修身拉開遮陽板的小方鏡，理了理頭髮，深吸一口。「好吧，你回去吧，我去找你媽了。」我這才注意到，他的鬢角什麼時候全白了？那道白像染上黑色宣紙般一路向上擴散，他的氣好像在僅存的深色髮叢裡喘息。我的視線隨著背影費力地攀出車外，站定，吐氣，我趕緊下車將行李遞給他。

老人家把行李背上，兩邊肩膀歪斜，他苦笑著什麼也不想說，我也不生氣了，我們用點頭向對方說再見，像兩個心照不宣的臥底探員。回家路上我只是想著，因為不想被唸很少和他對眼，很少對眼所以沒發現爸爸老了，爸爸老了只想和孩子說話，而孩子只知道活在自己的脾氣裡。於是我在臉書寫著……

搬出來後，父親總會找些機會說「有空的話載我去哪裡哪

裡，我們可以順便說說話。」每次聽到這，心中總百般不願，父親所謂的「說說話」其實是無止盡的叨，就像今天車上。

「怎樣？在瞿導那有沒有特別跟哪些演員互動啊？」

我努力壓抑情緒，父親努力想話題。這麼多年來我們始終找不到合理的說話方式。

到機場幫他下行李後，他要我趕緊回家。父親站那始終不離開，直到我走遠。我從照後鏡望著他漸小的身影，想起方才他看我的神情。父親老了，真的老，即便燙捲（？）的頭髮也無法掩飾。

父親用大半輩子建立他的威嚴，而現在他只希望孩子們能多陪他說說話。想到這，我鼻頭一酸。

真是一場糾葛啊。

　　兩小時後我媽打來，壓低著聲說：「你爸生氣了，很生氣。」這已經不是一頭霧水，是我整顆頭沉進了東京灣。

「生氣？為什麼生氣？」

「你爸看到你寫的了，你為什麼要說你們是糾葛呢？」

我的頭沉進了馬里亞納海溝。

該怎麼解釋呢？美式幽默？日式吐槽？我的糾葛不是你的糾葛？就像一位很糟的喜劇演員，我試著讓我媽理解這兩個字的笑點。「不是啊，我不是說我們很糾葛，我意思是我們兩個就很不知道該怎麼相處，可是我們又很想跟彼此好好相處，但就父子嘛，妳知道父子就都那樣嘛，而且這要看前後文就更知道我是在有點嘲諷啊，這樣妳懂我意思嗎？」我的腋下濕透。

修身這一氣就是三個月。

上個月看到一篇文章，接受訪問的兩位人物是湯姆和傑克（都是化名），他們的工作是扮演職業球隊的吉祥物，也就是在球場邊穿著偶裝娛樂觀眾的工作 （感覺偶裝裡超濕超臭）。扮吉祥物的人永遠不能現身，更不能透露真名，這是行規，而湯姆和傑克是吉祥物界的第一對父子檔。

湯姆是爸爸，擔任 NBA 丹佛金塊隊的吉祥物三十年，他的角色叫 Rocky，是隻全身黃色、尾巴像皮卡丘那樣閃電狀的山獅。傑克從小看爸爸過著蝙蝠俠般的雙重生活，耳濡目染，於是大學

畢業也投身吉祥物界，順利考上克里夫蘭騎士隊那隻耳朵及眉毛顏色不對稱的吉祥物 Moondog，兩年後他跳槽底特律，化身為活塞隊的吉祥物 Hooper。

身為吉祥物二代，傑克自小就有他的壓力。見不到爸爸是家常便飯，有時被帶到球場，還得和其他崇拜 Rocky 的孩子們分享爸爸的注意力，他和兩個弟弟只能獨自在休息室寫作業。不過長大後面對同行的爸爸，傑克的壓力反而變成正向競爭，譬如 Rocky 最受歡迎的表演是站在球場中央，背對籃框把球往後拋，十之八九那顆球會不偏不倚的射進籃網，這是爸爸入行三十年的老經驗，傑克後來也把這招學起來當做中場餘興節目的最高潮。

對湯姆來說原本以為兒子入行後，他會花很多時間教兒子各種小撇步，譬如帶動觀眾的時機或是怎麼有效使用小道具，實際上他卻花更多時間修正兒子不斷想出的新招數，甚至有時候湯姆反而會借來使用。

這對吉祥物父子的故事讓我更堅定要寫這本書的想法，我同樣是知名人士的第二代，也在同一個行業打拼，幾十年來外在給予雙方的壓力自然不在話下。不過修身與我並沒有因此更珍惜對方，反倒漸行漸遠，更準確地說，父子的愛從沒消失，只是兩人的心在各自的軸線上行進著，時遠時近，總沒有交集。這到底是

傳統道德制約，或是我倆固執個性作祟，或是長久分離的無可避免，或是以上皆是。

不管如何，這本書會從我小時候回憶起，到他轉任導演早出晚歸，到我出國八年留學生涯，到他處心積慮助我就業，到我跌破眼鏡轉任演員。這是一場自我療癒，給自己也給所有讀這本書的人，試試看不要再跟父母吵架了。很難，我知道。

說到吵架，書的一開始我們到底在吵什麼呢？當然又是工作的事。修身覺得我最近幾檔戲都留鬍子，不好看又老氣，「要不要乾脆就別留了？」他不只一次的暗示就算了，還透過我媽、我太太、家人的群組輾轉表達立場。所以當前晚他又再提醒我把鬍子刮掉時，我就像被滯留機場的奧客自以為理性的面紅耳赤，霹哩啪拉的就是一陣回嘴，然後，他安靜了。

他安靜地把碗洗了，安靜地出門散步半個鐘頭，安靜地在客廳踱步，安靜地進房睡覺。第二天他安靜地搬回我們在新店的老家，安靜地停止與我聯絡。

要知道四十歲回嘴後的愧疚比二十歲時還糟糕一萬倍，於是我打給他試著討好，結果……

兩天前爲了要不要蓄鬍這事狂嗆修身後，兩人進入冷戰，爲了示好，方才打給修身相邀晚餐。

「晚上有空嘛？我們一起吃飯吧？」

「喔⋯我晚上有事⋯你們吃⋯（欲掛電話）」

「等一下！那明天呢？明晚有空嗎？」

「⋯ㄟ⋯明晚⋯今天先過了再說吧⋯（掛電話）」

The end.

　鬍子之亂最終雖平和落幕，誰也沒佔到便宜，新的劇組希望我留鬍子時還是得留，但修身永遠覺得沒有鬍子最年輕最帥。所以這本書還多一個層面，就是和解。以下的話是留給我爸的。

　父親大人：

　在這本書你會看到很多該藏在自家的事，就像我們爲鬍子吵架。俗話說家醜不可外揚，您又那麼注重形象，很有可能又會在心裡默默生氣。希望您能明白寫這些事並不是爲了譁衆取寵，我們一起經歷的每件事都有各自的重量，堆堆疊疊的壓在肩上有時還眞喘不過氣。我寫這些事是因爲我的眞實感

受，希望透過文字的中立讓您明白、讓我明白，當日子像一陣煙的散去後，心裡該留下的還剩點什麼？

記得剛說到吉祥物父子的故事嗎？那位爸爸即將退休，除了大兒子繼承衣缽，小兒子也準備加入吉祥物界。那位爸爸在文章的最後說：「這真的是最好的讚美，當你的孩子願意追隨你的腳步，那就表示我這當爸的做對了。」

所以套句盛竹如的話，讓我們繼續看下去。

CHAPTER 1

在我的小世界，
他們永遠在裡頭

我媽————

　　開始討論修身之前得先聊聊我媽。一般來說家長在面對小孩時，一定要有人扮黑臉、有人扮白臉，但如果其中一人必須身兼黑白雙臉，這個人的心智必須強大，在鼓勵與懲罰、溺愛與冷淡、給零用錢或叫死孩子自己出去賺之間找到一個身心靈的平衡點。這樣的角色拿捏，像樂高小人那樣讓自己的鍋蓋頭適得其所的轉個面，應該不容易。我不知道，因為我沒有小孩，但我想起了黑白郎君。

　　小學到國中那幾年，我常得一個人回家、一個人開門、一個人熱前晚的飯菜、一個人看黑白郎君在電視裡中氣十足地說：「哈哈哈別人的失敗就是我的快樂啊！」如果時段對了（或收訊好），還能接著看沒有中文字幕的鹹蛋超人或是還沒正名的小叮噹。那段時間修身早出晚歸，我媽身為時間固定的上班族，照理該一肩扛起黑白臉的角色，問題是他們並沒有溝通誰該扮什麼臉，因此我家常出現兩位黑白郎君。

　　不過就算又扮白臉又扮黑臉也會有比例上的差別，一位稍微比較慈祥，另一位稍微比較嚴厲。舉例來說，傍晚出現那位暱稱「媽媽」的黑白郎君會問我吃了沒（白臉）？作業寫了沒（黑

臉）？你為什麼還沒寫作業（黑臉）？梁正群你到底什麼時候才要寫作業（黑臉）？

而深夜回家那位暱稱「爸爸」的黑白郎君也會問我吃了沒（白臉）？要不要跟他一起吃宵夜（白臉）？這樣吃夠不夠要不要再煮點泡麵（白臉）？梁正群你到什麼時候才要寫作業（黑臉）？基本上我就是個胖虎身材的大雄。

不過我媽的老家還真的跟大雄家有幾分相似，我記得是一間純木造的房子，很像在上野或日暮里會出現的那種日式老房子。老房的地板走起來嘎嘎作響，地板和實際的地面刻意拉高一小段空間，外婆說是為了不讓蛇跑進屋裡。我總喜歡趴在地板上，從木板隙縫觀察底下的動靜，因為我總覺得下面住滿了全世界的妖魔鬼怪。老房有個後院，院子中間種棵大樹，夏天的時候我們就像《海街日記》裡的四姊妹那樣敞開拉門，坐在邊上吃西瓜乘涼。

外公外婆並沒有太多資產，在糖廠的生活也算簡單，像大多數那個年代的孩子一樣，我媽很早就得學著獨立，上學、放學、坐很遠的車、後頭跟著那個長大後很喜歡跟我講英文的舅舅。高職畢業，她一個人上來台北，找工作找生活，在任職的這家公司一做就四十二年。

雖然透露年紀，但我媽在生我的前一年找到這份工作。中山北路上靠劍潭站有一所消防局，好幾次開車經過，我媽都會提起當年挺著大肚子的她剛進公司，為了證明自己不是一介弱女子，開著九人座大車東奔西跑處理業務。然後某天，就是我生日八月二日那天，她開著大車，到那所消防局求助，因為鵝子要出來了。

　　我媽對鵝子的教育方式相當微妙，做父母的那些基本要求像是成績要好、要考進好學校之類的她都要求過，但也很快放棄，因為這個兒子真不是讀書的料。成績不行，至少要把眼前的事做好吧？這部分她也很快放棄，因為這個兒子生性慵懶。那懶歸懶，至少個性要好，當然這部分也放棄了，因為生下那天就知道兒子是 AB 型，一骨子的怪。

　　AB 型怪的時候真的怪，而且毫無理由。記得還在溫哥華求學某天，我媽飛來探親，那個早上我打起床就看什麼都不順眼。我媽說難得來想出門逛逛，我勉強配合，沿途卻像動漫裡憤怒的主角背後背著好大一把火，滿臉寫著不情願。天蠍座的媽媽明顯感受敵意，卻也毫不示弱。

「你到底在不耐煩什麼？」
「沒有啦！」
「沒有？我難得來你一直給我擺臭臉！」

「我就想回家看電視嘛！」

「什麼電視比陪家人重要？」

「我想回家看《X 檔案》啦！」

以上為設計對白，但應該相差不遠，AB 型獅子座就是那麼討厭。但我也必須說在那個沒有網路串流的年代，想看當紅的《X 檔案》就得每週五晚上乖乖回家，期待穆得和史卡利探員本週又要查什麼怪力亂神，還有他們到底什麼時候接吻？我媽當然無法理解，但不爽歸不爽，她還是在播出前自願返家，兒子也終於笑逐顏開。那個禮拜他們沒有接吻。

從一點小事可以看出我媽剛毅個性下藏著對孩子軟綿綿的心，也許父母都這樣，或許也因為外公外婆早逝，某種補償心態讓她更想不顧一切地滿足孩子。

有一年我們正要搬家，我和我媽在她的臥房裡整理照片，那些舊照片散落在兩個大袋子裡，一打開，時間的氣味撲鼻而來。這不是我們第一次整理照片，但每次我媽就只是把它們疊好，試著把相同時序的理在一起，就這樣，而我通常如禪定一般坐在旁邊陪伴。我想對我媽來說醉翁之意不在整理，這個動作更像臉書每天的動態回顧，讓她能偶爾看看爸爸媽媽，看看年輕的自己。身為袖手旁觀者，這也是我很珍惜的時刻。

「你看媽媽年輕的時候，你看你們那時候多小」、「我那時候的氣色好差喔」、「那段時間我們真的過得好辛苦，但媽媽還是想辦法多帶你們出國看看。」

「誒，你該不會都忘了吧？」

一次頓點是一段回憶，我笑著不給她一個正面答覆，但我記得可清楚。那張合照裡有我、我媽、我妹，那是我們兩個小孩第一次去美國，背景是舊金山漁人碼頭著名的大招牌。出發前我媽就警告出國期間必須找機會用英文對話，不然英文補習班上那麼多年是幹嘛的？整趟旅程，我提心吊膽。

「梁正群，你拿這20塊去跟他換零錢。」
「梁正群，你去問他這件有沒有更大號的？」
「梁正群，你拿這張台幣去問現在匯率多少？」

只會隻字片語的我根本不敢跟外國人開口，更不敢回頭看媽媽失望的眼神。（聽啊！那是錢掉進水溝裡的聲音啊！）後來我們脫隊，到我媽一位旅居加州的朋友家，阿姨的兒子是混血兒，美國出生美國長大，年紀比我小一些。也許因為年紀相仿又都是男生，我忘情地用英文和他聊一整天，媽媽無比開心。（聽啊！那是我把錢從水溝撈出來的聲音啊！）

如此輪轉的英語能力，長大後只有在喝醉時才會啟動，但那又是另一個話題。總之我媽對於我有興趣的事總大力支持，譬如我喜歡英文，她就瞞著修身買了整套大鳥 ABC 的課程。又譬如我覺得網際網路這個新東西很有趣，她就立馬弄出一台數據機。

　　這邊要強調當年一個家庭擁有撥接數據機有多威風。試想九〇年代初期，沒多少人有電腦，網路更是遙不可及的概念，我媽這個舉動讓我瞬間成為班上風雲人物（或是初代宅男），班導甚至空出整堂的時間要我教全班同學什麼是 Internet。

　　你可以想像高中胖到百公斤的我在台上高談闊論，將 telnet、gopher、http、dos 這樣的詞彙，像愛神的箭往台下崇拜的眼神發射，在那個宅男還沒被定義的時代，我有多麼風光。

　　可惜好景不常，很快的大家都有了數據機，就像一窩蜂地吃髒髒包，就算每個人的臉都是髒的也不足為奇。回歸平凡生活的我在此時發現 ESPN，當然那時的第四台已經有這個體育頻道，他們總會在廣告間穿插小單元，主播會以一口京片子說：「ESPN 體育常識，讓我們來學習 NBA 的規則，今天教大家什麼是蓋帽。」畫面會配上 LL Cool J 那類的饒舌音樂及隨著節奏跳剪的精彩片段，我才明白原來蓋帽就是台灣說的火鍋。（可以想像最後這段話讓不懂籃球的讀者感到有些迷惑，又有些餓。）

但那是電視，ESPN 的網站在九〇年代初期雖然陽春，卻提供各大賽事相當完整的圖文報導，包括解析度超低的短影片。不過網站是全英文，很多內容還要付費。我媽知道了，二話不說拿出信用卡讓我刷了年度會費，在網路安全極低的時候真的很冒險，但只要我每天坐電腦前看滿滿的英文，我媽也就心滿意足。這只是幾個讓我非常感謝我媽的小例子。

整理照片那天正好是夏天最熱的時候，還好舊家依著山坡而建，我媽那間房雖採光不好，倒挺通風，不開電扇也還算涼爽。散落滿地的相片不論黑白彩色，從她的小學到我的中學，回憶就在一張張的定格中被放進心裡，重新加熱。這時的我已經三十歲了，陌生地看著小時候的我坐在修身腿上，親暱地摟著他燦笑，怎麼好像長越大越不敢真實面對親人？究竟是相處久了理所當然？還是總得在失去後才徹底明白？這會不會是生為人的一種通病？一種自以為不用說也能相互理解的默契？

長大的我什麼都不肯說。

我媽哭了，她手上拿著一張外婆的照片，時間不可考。我和外婆的感情十分緊密，有段時間每逢寒暑假我會去南部跟她生活，外婆篤信佛法，很多時候就是帶我在大小廟宇間巡迴參拜，甚至讓我參加佛學夏令營。知道我愛吃碗粿，她總會帶我去市場找那

個賣碗粿的老伯伯，就是那種很傳統的，在自己的鐵馬後面架個木箱，裡頭裝滿一個個用瓷碗裝的剛出爐的碗粿。外婆真的寵我，她過世後，我的世界少了好多好多，有段時間我會躲在被子裡不敢出聲地哭喊外婆。

「婆婆真的太年輕就走了……」一滴眼淚順著話尾從我媽的眼睛滑落，那是我第一次看到她在我面前哭。我慌了，腦裡滿著情緒身體卻當機，我又呆坐著，用一種意味不明的微笑看她。夕陽的微風吹動我媽身旁那片蕾絲窗簾，飄動的影子映落在她臉上好像在幫她擦乾眼淚。

「是啊，我也很想念外婆。」

我媽深吸一口氣，破涕為笑，看我手上拿的照片說：「你看你小時候跟你爸多好，現在叫你抱他你敢嗎？」

「拜託！那多奇怪啊！」

時間開始動了，我們都笑了，在那個滿地照片的房間，我們繼續惦著那些來不及說的。

眼神的重要 ⟋⟍

　　有張照片後來怎麼也找不到，那是幼稚園時期的我，九十公分高的嬰兒肥頂著豬哥亮髮型、紅色上衣褐色短褲，胸口抱著一顆跟頭差不多大的籃球，在燈光不甚明亮的球場燦笑。

　　照片是修身年輕時，某一次和明星籃球隊出國比賽拍的，地點已不可考，比較記得的明星隊成員除了修身，還有秦漢、寇世勳、雲中岳，以當年火紅的程度換算今日，基本上就是吳慷仁、邱澤、劉以豪及張孝全一起打球的概念。如果真要說，我認為修身就是當年的邱澤，要知道從小到大有多少婆媽對著我說：「你爸以前好帥喔！」「你爸年輕的時候是我的偶像耶！」「你爸比你好看太多了！」

　　相較之下，婆媽最常給我的讚美是——你本人比電視上好看耶！那驚訝的表情與口吻如此真誠，不禁令我懷疑是否入錯行？是否該選擇與人群親近的行業，譬如政治家或禮儀師？

　　但是關於修身的魅力是完全無法否認，年輕的修身和阿澤一樣五官細緻，身形非常好。事實上在做演員之前他曾擔任西裝模特兒，在我媽那堆不整理的照片裡常看到時尚的修身：細框大鏡片

的文青眼鏡、合身清爽的 polo 衫、修長直筒的喇叭褲，這樣裝扮一旦換到我身上，就變成平常熱衷釣蝦的竹科工程師。

和阿澤一樣，修身也有一雙很有穿透力的眼神，就是那種不小心和螢幕上的他們對到眼還會有點害臊的眼神。所謂相由心生，一個人的眼神是個性解剖的最初線索，探進他的靈魂之窗，你會發現修身的個性有點燥、有點爆，又有大男人的正直及溫柔藏在最底處，像狂風暴雨後的撥雲見日，倔強過後的不言而喻。

修身講古時最愛提考大學的事了，他高中念名校屏東中學，理當以升學為重，但他每天瘋狂打籃球，就算赤腳也不停歇。後來加入校隊，主打得分後衛，最常用的招數叫「急停跳投」，顧名思義，就是運球跑著跑著突然煞車，然後跳起來投籃。

除了打球，高中的修身也很愛跟人打架，但不是那種一群人去欺負誰的打架，他總是為了幫朋友出頭或莫名的正義感打架，最常用的招數叫「單挑」，因為他覺得一對一才是男人。

大學聯考那天，他只考了前幾節，剩下的都因為跟人打架錯過了。

修身是長子，在他成長的四〇年代物資更加匱乏，孩子被迫早

熟，後來出生的兩個弟弟又和他相差十多歲，沒考上大學的修身必須更努力地幫助家裡。爺爺總說他是一輩子的窮軍人，來台灣後他和奶奶做過許多小生意，日子苦、生活苦，似乎總沒有安穩的一天。不安全感，讓人得全心全意保護任何的得來不易，這樣的心情修身掛著一輩子。

後來他成了演員，經歷那時電影圈的各種荒唐，經歷當紅小生的紅遍大街小巷，他的眼神越是銳利。反應在表演，他在畫面上的存在感越是不可忽視，他也更清楚眼神是多重要的武器。所以當導演後教導後進演員，他總會特別強調眼神。所謂的後進演員，包括我本人。

我是不知道他怎麼教其他後進，只記得黑人曾在訪談裡提到梁導教練眼神的方式特別有用，也記得某次酒酣耳熱中，李國毅眞誠地告訴我修身的眼神訓練給他的幫助。

修身教我的內容就分成兩部分，第一部分直接就叫相由心生。「當你心裡想著那樣的情緒，你的臉、你的眼神就會透露出那樣的情緒啊！」就字面上解讀看似容易，實際上面對鏡頭表演，身旁站滿攝影師、燈光師這些工作人員不說，出外景也許還會碰到附近散步的阿伯問：「啊你們是在拍什麼？民視喔？」或是剛下班的太太很生氣地說：「你們拍戲幹嘛擋我的路啊！」在那樣的

環境確實很難專心，相由心生是需要一些功力。

　　第二部分是自主練習，目標是活絡眼球運動。「你就在面前找兩個點，一左一右，然後你就左右左右的看那兩個點！速度可快可慢！」「你就找一個視野比較廣的地方，一下看比較遠，一下看比較近，然後你就前後前後的看那兩個點！速度可快可慢！」不開玩笑，這兩個練習如果做太多，會有種剛下雲霄飛車的 high，然後開始頭昏頭痛，隔天只覺得眼睛不是自己的，道理就有點像健身，眼球肌肉一下子受到過多刺激，甚至快速左看右看的時候都擔心眼球會不會就這樣甩出去？

　　不信你現在試試，我等你。

　　如何？

　　好，互動的部分結束。反正這些練習我時不時會做，隨著表演經驗累積，也已經成為下意識就能做出的反應，不過直至今日我還是被修身挑剔。

／Facebook 2019.12.14
不孝子為了拉近親子關係，特地放了朋友晚餐的鳥，與修身相約觀賞《鏡子森林》，殊不知備好小酒小菜的修身隨即進

入評審模式：

「你這個喔應該再多點小動作，諜對諜嘛，多用眼神左看右看，你到現在還是不會眼神！」
「你看人家這說話多好！誒！停頓個幾秒！這樣多好…」
「你後面還有跟楊謹華的戲嗎？嘖…你…唉…」

不孝子聽著聽著，心，也進入了某種森林。

#兒子森林
#修身同居日記

「……你到現在還是不會眼神！」這些年刻意不跟修身一起看我演的戲，就是怕像這樣的一箭穿心。微妙的是他不滿意的那場戲，我自認已經有95%的完成度，不論聲音表情肢體，當然也包括眼神。所以每當修身批評我的演技時，我總在心裡尖叫「還不都你害的！」

我媽講古的時後最愛說我的一個故事，上小學前媽媽讓我參加繪畫補習班，小孩的繪畫課不外乎是盡情地畫一堆比例尺很怪的東西，不然就是用莫名其妙的顏色幫風景人物上色。媽媽說每次我上色的時候，總是不敢畫出黑線圍出的框框外，「從小我就知

道這傢伙膽子很小。」故事結束前她還會補上一槍。

　　的確，根據照片及親戚們的補述，小時候的我是個活潑的孩子，老實憨厚又膽小如鼠。幼稚園大班我被選爲班長，每日好不風光，但某天早上吃壞了肚子，從進學校就想跑廁所，可我一直忍著。那樣年紀不知是否會想到面子問題，確定的是我不敢舉手跟老師說我想上廁所，於是我繼續忍，怎麼熬的我也不記得。總之某堂課上到一半，潰堤了，沒有同學發現，直到內容物順著褲管流出，坐旁邊的女生尖叫，接下來一片空白。

　　再回神我已經在學校廁所，老師拿著那種橘皮色的水管往我屁股沖，她雖然不停安慰，但我難過地一直哭一直哭。後來老師不知從哪找來褲子讓我穿上，我卻怎麼也不想回教室。老師在教室門口好說歹說，牽著我緩緩走入，我不敢抬頭。老師很有義氣的當著全班面前說：「你們看！班長穿的新褲子是不是很帥啊？」教室歡聲雷動，「班長好帥！」這類的話此起彼落，我也總算笑逐顏開，眞是好傻好天眞。

　　天眞的是，像這樣的意外會在心裡留下刻印，在心智尚未發展完全，我已經對「上廁所」這件極爲日常的事感到排斥，修身當然也幫盡倒忙。

不知從何時開始，他會注意我每天上了幾次廁所，一次上多久。常常我從廁所出來就會聽到他低沉的聲音：「怎麼又去廁所，今天都去幾次啦？」有時更驚人，直接敲廁所門滿滿不耐地說：「都上多久啦？怎麼還不出來？」馬桶上的我進退兩難。

我本身腸胃就不好，不管在家或在外面上廁所又讓我感到羞愧，雖然外在正常活著，心裡的小創傷不管隱藏或壓抑在潛意識裡，只是讓自我否定越來越強大。難怪卡爾‧榮格（Carl Jung）會說：「每個人都背負著陰影，而陰影在有意識的生活裡佔據越少，它在潛意識的存在只會更黑暗。」

榮格小時候也有類似經驗。十二歲那年他在學校被同學用力推倒，力量大到他直接躺在地上失去意識，後來只要榮格去上學或寫功課的時候他就會昏倒，因為在發生意外時他的潛意識萌生了一個念頭──「這樣就不用上學了。」

同樣的狀況不斷發生，他只好在家休息半年。某天，榮格聽到爸爸對朋友訴苦，榮格爸覺得兒子應該是有癲癇的毛病，非常擔心長大後該怎麼維生。榮格突然意識到父母貧困，非常需要靠他讀書賺大錢，於是他衝進爸爸的書房，拿起很硬的拉丁字典開始讀，暈了三次後，他終於勇敢戰勝心魔。

如此勵志的結局沒有發生在我的故事裡，隨著年紀增長體重失控，我的自信跌到谷底，學校生活還算活躍，卻逐漸失去某部分的社交能力。這樣狀況在我剛轉演員那幾年最嚴重。每當到一個新的劇組，面對一批新的工作人員，我連最簡單的交談和自我介紹都感覺吃力。於是我為自己套上一件隱形斗篷，讓「正群這個人就是慢熱」的說法合理我的尷尬，就算讓人覺得高傲難聊，至少心裡的難受少了一些。

　　有一年，《南方小羊牧場》這部電影找我演出，它的幕前幕後都是當時最優秀的團隊，對我這剛入行的演員來說，機會難得。一切的前製作業都很順利，我也定好了服裝造型，不過開拍前導演突然來詢問我是否能練壯一點，因為他覺得這個角色需要身形上的說服力。我真的慌了，雖然我的部分兩三週後才會拍到，我自己也沒把握這麼短的時間能練多好，但我請經紀人轉達一定會努力練到導演要的狀態。兩天後，導演認為開拍在即，風險太大，他決定換角。

　　得知噩耗時我人在外面，先是打給我媽討拍，然後一直在街上像孤魂野鬼的悠晃。我不敢回家，因為修身老早要我多健身，但我就是懶。不聽老人言，吃虧也不想被唸，而且我知道他會有多失望。

怎麼殺時間也總得回家，進家門，就看老人家坐在客廳的沙發上，腰桿挺直，雙手叉胸，眉頭深鎖地看著電視重播早上的NBA 比賽。我在他旁邊坐下，間隔大約兩個人的距離，我們不發一語。

　　「沒關係，身體什麼的都可以練，演員最重要的是有自信，有自信你的眼神就會亮，你可以的。」語畢，他起身走回房間，拖鞋的聲響沉浸我耳朵，就算電視正播著我最愛的球隊，我的眼睛慢慢地看不清楚。

偶爾存在的回憶⎯⎯⎯⎯

那天晚上我放空地把球賽看完，雖然轉播的是我最愛的球隊，誰贏誰輸真的不重要，因為我們前一年才剛奪下隊史首座冠軍，之後就算爛個十年好像也無所謂。沒錯，我說「我們」，辨識瘋狂球迷的第一個線索。隔天早上，日子好像重開機，修身若無其事地邊吃早餐邊跟我閒聊，「你們小牛隊今年怎麼打的不好啊？而且冠軍隊的那些人好像都被換掉了齁？」沒錯，他說「你們」，辨識瘋狂球迷的第二個線索。

的確是修身推我進 NBA 這個坑的，印象中第一次看電視轉播是1991年公牛對湖人的比賽，就算不關心 NBA 的人也一定聽過兩隊主將，一位叫 Michael Jordan，一位叫魔術強生。Jordan 不用說，時至今日掛著他名字的復刻球鞋就算賣到七千多塊還是秒殺，倒是魔術強生，年輕一輩的可能以為是哪個沒聽過的 Youtuber，目前延畢，專心做自媒體推廣街頭魔術，偶爾上上綜藝節目，火了之後潮牌都來找我，出饒舌單曲什麼演員都沒有我紅。

我的厭世不小心又露出來了，快收一點。不過小學的時候，我真正瘋的是棒球。

職棒元年我十二歲，因為鷹俠如俠客般的打擊姿勢而支持三商虎。鷹俠是三商虎最有名的外籍球員，來自巴拿馬，打擊強守備一流，而且因為十二歲的我沒看過什麼外國人，覺得他又高又帥。愛屋及烏，漸漸連其他球員也看的順眼，譬如「火車頭」涂鴻欽、「阿杉哥」康明杉、全壘打王林仲秋、永遠戴著眼鏡的劉義傳，這些當年偶像的大名，我也是查維基百科才想起來的。

但忘不了的是第一次當腦粉的興奮，不只有機會就到現場看球，在家還會做一個模擬球賽的動作。基本上我用我那不到一坪的房間當作球場，假裝自己是三商虎的球員打一場腦內比賽。比賽裡我是鷹俠，也是阿杉哥，我是球隊的所有人。我會做一張完整攻守記錄，把在《職業棒球》雜誌裡學到的算式套上，一邊比賽一邊紀錄。

比賽開始！房間突然灌滿草皮的味道，我眼前出現一片廣大的球場，成千上萬的觀眾在為我尖叫。對手投出第一球，我握著手中的木棒揮出去！安打！保送！外野手接殺出局！接下來攻守交換，我是場上最帥的投手，指叉球投出！三振！接殺！打出特大號全壘打！

一場想像的比賽我又滾又跳又滑壘，驚呆了假日只想好好睡覺的媽媽，於是我的球棒手套就被沒收了。

可我越挫越勇，不僅加入三商虎後援會，還把其他三隊球員的名字全背起來。一到假日就邀班上同學到公園比賽，我這個入戲太深的投手有次還一時手滑，紅線球就這麼不受控地往同學腦袋砸去，當場頭破血流，最衰的是他那天只是路過而已。當然，我的球棒手套又被沒收了。

職棒元年冠軍賽由上半季冠軍三商虎對戰下半季冠軍味全龍，龍隊實力似乎更勝一籌，大家耳熟能詳的棒球名人幾乎都穿著味全球衣，像是林易增、黃平洋、洪正欽、郭建霖。不過腦粉就是腦粉，我心中堅信三商虎沒有輸掉冠軍的那一天，直到輸掉冠軍的那一天。

那一天，正確來說是那一晚，我聽著廣播，兩隊鏖戰九局最終1比0結束比賽，味全龍奪得中華職棒史上第一座冠軍。收音機旁的我哭了，那種低著頭悶聲地哭，十二歲的我還不知道這種感覺跟失戀一樣。忽然地一隻大手拍我的頭，原來修身早站在我身旁，一直陪著。他說了什麼我不記得，但看著他的短褲和兩隻毛腿離開後，我就慢慢不哭了。

這是小學六年，父親偶爾存在的回憶。

丟掉冠軍後，三商虎的表現每況愈下，不斷被傷心的結果，只

好天亮以後說分手。最主要的是上了國中，我戀愛了，初戀對象是開學第一天就坐在我旁邊的女孩兒，眼睛大大的，帶點小男生的率性，笑起來像隻可愛的卡通兔。

膽小如鼠我本人當然不敢告白，整整三年只想著怎麼在她面前耍帥，可是又胖又不帥功課又差的我，唯一能拿上檯面的只有身高和還算不錯的運動細胞。只不過棒球太麻煩，一個人打不可能，兩個人打只能玩丟接，三個人打好像又得多找一些人。籃球就不一樣了，一個人一顆球，想怎麼耍就怎麼耍，只怕沒人看。

有段日子體育老師說我們可以選要游泳還是打球，女孩兒選游泳，我選打球。籃球場剛好就在泳池旁，所以我總會霸佔離泳池最近的籃框，只要投進，我會以一種不經意的方式往泳池看，也許那一刻她剛好也在看我，四目交接，電光火石，從此我們的愛forever。然而事與願違，女孩兒真的很喜歡游泳，我也從此愛上籃球。

我國中住安坑，坐公車到市中心大約一個半小時。幾乎每個週末我會早上六點起床，坐車轉來轉去轉到師大附中，和一票同學從早安打到天黑，不吃飯只喝可樂，然後帶著一身勝利的汗味坐車回家。

單戀又每天打球，功課自然爛得不在話下，到國三有了升學壓力，我的成績卻永遠保持中間以下。偏偏女方的成績不錯，而且雖然只是國中部，身上背著印有「師大附中」的書包讓我總有一些自豪又自卑的壓力。我是真的很努力想變成一個用功的人，甚至拒絕體育老師要我加入籃球隊的邀請，理由是我想以功課為重。下一次段考我突破個人新低，全班倒數第十名，魚與熊掌都送別人吃了。

國三的某個星期天，我照慣例天一亮出門打球，那天修身幾乎跟我同時出門，卻意外地比我早回家。家裡的玄關進去，右手邊有一面酒櫃，酒櫃另一面是餐廳，一進門，就能感受另一邊的空氣異常凝結。我心跳加速，身體變熱，身上的酸臭味好像又更濃了。修身坐在餐廳，面前吃剩的菜了無生氣，他盯著我，久久不語。樓上傳來鄰居拖拉桌椅的擾人聲響，像是為眼前這場一觸即發的怒意找好位置。

「你每天打球還要念書嗎？乾脆不要念了去參加球隊！裕隆的總教練我認識！我把你介紹過去好啦！你乾脆就一輩子打球啊！」

又安靜了，樓上鄰居屏息，修身依舊死盯著，像施著某種法術讓我動彈不得。一個世紀後，我不發一語地回房，在最安全的角

落呆著。

這是國中三年，父親偶爾存在的回憶。

但死馬當活馬醫，死馬的成績依舊不夠好，就只能考進一所私立高中，所謂的初戀也不了了之。我還是很愛打籃球，甚至將它當成一種使命，好像我生下來這個世界就是為了打球，甚至也許可能，我可以打進 NBA ？

就心理層面來看，這是一種當生活裡設定的目標無法被滿足時，本我依著可掌握的能力所產生的移情作用，進而膨脹至無可附加來掩蓋自我裡的混沌。換句話說，我在唬爛自己。

那陣子我媽送我一本書叫《別鬧了，費曼先生！》，費曼先生就是著名的物理學家 Richard Feynman，他打破一般人對物理學家的刻板印象，總是充滿童趣地在舒適圈以外的世界冒險，這一點從出版社的文案就可見端倪。

「費曼得過諾貝爾獎，是近代最偉大的理論物理學家之一。但他同時也可能是歷史上唯一被按摩院請去畫裸體畫、偷偷打開放著原子彈機密文件的保險櫃、在巴西森巴樂團擔任鼓手的科學家。」

這樣的人生對我這種保守人士產生很大衝擊，但讀完後好像也沒學到什麼，唯一留在心裡的，是費曼先生總鼓勵年輕人不要擔心才華被埋沒，一切只是時間問題。高一開學後好幾次被抓公差剛好碰上體育課，儘管新同學們在場上揮汗如雨，沒有人知道真正球技高超的我被抓去掃廁所了，可我不擔心才華被埋沒，一切只是時間問題。換句話說，我的自我感覺超良好。

反正高中三年也是不停打球，這個階段更開始了往後二十多年的 NBA 腦粉生涯。那時可能因為網路開放，資訊交換更方便，報紙對於每日 NBA 賽程有更詳盡的圖文介紹。我特地買了那種封面印著英文祝福語的筆記本，將報上的比賽圖片剪下貼上，每張圖底下還會很做作地用英文寫上這張圖有誰和誰、那天的比賽是幾比幾、那個誰又得了幾分、那個誰的球隊又幾連勝。

然後我會自己手繪表格，將每天的戰績、每個人的攻守數據記錄下來，用網路上找到的計算公式算好每個人的數據，球季結束還會算出個人紀錄排行榜以及個人獎項的得主分別是誰。是的，我的功課一樣爛，但你不能質疑我身為球迷的專業。

就這樣混到高三，聯考的腳步逼近，當五次模擬考數學科加起來只有6分，我感到不妙，我媽也感到不妙。於是她找了一位從洛杉磯歸國的英文家教，期望至少這門還算有把握的科目能多拿

下幾分。

更不妙的是我談了人生第一場戀愛，熱戀的孩子只想膩在一起，連一個半小時的補習時間都像生離死別，於是我翹課了。和我一起補習的楊同學跟老師約在速食餐廳上課，傻傻的我不懂得串供，所以某天我媽去接我下課，發現我根本沒出現之外，楊同學還補上一槍，「正群好幾堂沒來了。」

大事不妙。

那晚坐在凝結空氣下的是我媽，不同的是她完全不看我，也不跟我說一句話。沒一會兒，逕自走進房間。接下來幾個月，我媽把我當空氣，更準確地說是道士和幽靈的關係，我的存在是她的困擾。但倔將的高中生是絕不道歉，就算肩膀上的天使說破嘴也不道歉，就這樣僵持到某天放學回家，我的書桌上留了一張字條，用粗紅筆寫的。

「媽媽很傷心，我看了也心疼，你有錯在先，長大了就該有大人的樣子，去跟你媽道歉吧。」

肩上的天使點頭如搗蒜，第二天我和媽媽道歉，晚上修身買了大餐回家，一切回歸自然。

這是高中三年，父親偶爾存在的回憶。

後來我當然乖乖地補英文，也幸虧有乖乖補英文，因為很快的，我和我哥就要被送出國。其實這件事修身和我媽已經計畫許久，沒提前告知也是擔心我不好好準備聯考。1996 年大學聯考的錄取率不到五成，以我對念書這件事的清心寡慾，成績當然是不用再提。

十八歲生日之前，我和我哥飛往溫哥華，11 個小時後抵達，我哥在機場轉機，他要往更內陸的城市飛行。一年後，我哥離開，我妹飛來，至少這次兩個人是住一起。我媽只要有空就會請長假飛來看我們，修身就比較難，拍戲並沒有請假這種事。平均來說，大約每三個月會見到我媽，但一年能見一次修身就算多了。

也許是這樣的被迫成長，我對於認真念書這個概念多了幾分敬意，雖然語言隔閡讓這件事變得更難，雖然我又談戀愛了，雖然 NBA 腦粉住進了一個擁有 NBA 球隊的城市。這支球隊叫溫哥華灰熊，球隊的主色是白色和藍綠色，球衣的領口、袖口、腰帶等地方繡有原住民圖騰，吉祥物是一隻看起來全身都需要潤絲的灰熊。

我永遠記得第一次進球場的感動，以前在九千公里外收看的電

視畫面像一場視覺大爆炸般出現眼前，然後是360度各種頻率、音量、層次的聲音像龍捲風狂放在耳朵裡宣洩，當然還有那些獨有的氣味，吃的、喝的、冷氣的、球場地板的。

突然球場全暗，只剩大大小小的廣告招牌閃爍，音樂加速，觀眾鼓譟，球員一個個像救世主般風光出場，感官擴大到極致，比賽開始。

留學第三年的某天，修身突然通知過兩天要飛來看我們，我立馬查了賽程，剛好他到的晚上就有一場比賽，雖然擔心時差會影響看球，但我想反正往後幾天他可以大睡特睡。

殊不知這位仁兄只來三天，好像溫哥華就在墾丁旁邊。他的行程如下：第一天在台北拍戲到傍晚收工直奔機場，紅眼班機到溫哥華已是晚餐時間，第二天稍事休息，晚上被我抓去看球，第三天中午的班機返台，凌晨抵達後回家梳洗，繼續上工。台北溫哥華，三日生活圈。

那晚看球賽，我們坐在籃框左後方的位置，因為是開季前的熱身賽，球隊不會全力以赴，連一身蓬鬆毛髮的吉祥物都顯得意興闌珊。修身睡睡醒醒，也許是怕我覺得無趣，有時他會像路邊的醉漢猛然醒來，嘴裡嘟囔著「哇！真精彩！好看！」然後眼皮

又輕輕闔上，滿場喧囂成了他的搖籃曲。

那天送他和他的眼袋上機後，我打給我媽，我說：「就三天耶，三天他跑來幹嘛？不是累死自己？」

我媽說：「是啊，我也勸他不要這樣飛，但他就不聽，放不下工作又覺得很久沒見到你們。哎呀，這就是你爸愛你們的方式啦，你看他從你們小時候每天工作，住一起都很少碰了，現在你跟妹妹住更遠啦，他就算累死也甘願啦。」

這是我在溫哥華八年，父親偶爾存在的回憶，而且是很棒的回憶。

哥哥們 _____

有記憶以來，很少和修身在家相處，他不是在工作，就是在工作的路上。

八〇年代末期，台灣電影工業式微，修身在那之前早已面臨轉型危機，曾經的電影明星逐漸失去舞台，而且邁入中年，角色定位模糊，究竟該讓這個人繼續演帥氣小生還是兩個孩子的爸爸比較適合？再加上那時電影和電視圈涇渭分明，就像路易莎和星巴克，電視明星和電影明星聽起來就是差了那麼一點，所以或多或少他也有點拉不下面子吧。

妹妹沒出生前我們過得最辛苦，有段時間我們全家人包括叔叔和爺爺奶奶全擠在一個屋簷下，修身做為長子，肩負的壓力和心酸，我這軟爛個性實在無法想像。

因緣際會，他開始當導演，最初導的只是一些不成熟、現在市面也找不到的戲（修身表示欣慰），就像 RPG 打怪，累積功力後也慢慢打開另一個市場。只是當導演比當演員還累，演員只需在有拍到他的場次出現，導演則必須從早拍到晚，日復一日，在孩子起床前出門，在孩子睡著後回家。

只要有機會，修身還是比較想演戲，印象最深是在潘迎紫主演的《一代女皇》裡飾演唐太宗李世明。說真的，有多少人的爸爸演過皇帝？而且說真的，有多少人可以在學校裡說自己是皇帝的兒子？可以想見我沒什麼朋友。

　　另一個印象深刻的是花系列推出的第一部戲《孤挺花》，在裡頭我演得是修身和歸亞蕾阿姨的兒子，這個角色有自閉症，每天躲衣櫥裡，不需要演技。某日，修身說有場戲需要跟我年紀相仿的臨演，要我問問同學有沒有興趣客串，帶著獅子座的自我膨脹，隔天馬上到學校問有誰要來演我這個主角的跟班，完全忘了我的角色人設。總之，拍攝當天來了五個我認為的好朋友，洋洋得意之餘，導演把我們叫到他跟前。

　　「你們等下就跟在正群後面，然後我說『打』的時候，就全部圍上去打正群喔，假裝打就好了，不要讓正群受傷喔！」

　　小學生哪會給你客氣，導演一聲令下，我所謂的好友們群起而上，嘻嘻哈哈地三兩下就把正群撂倒，然後再嘻嘻哈哈地對正群拳打腳踢直到導演喊卡。

　　不過不打不相識，我和班上同學反而更熟了，「那個某某班的電視明星」讓我成為學校的風雲人物，連校長都特別來教室找

我。可惜走路有風的代價是身上什麼味道大家也聞得一清二楚，某天朝會就傳來八卦的味道。

那天在操場大家排排站，聽校長訓話，我就感覺周圍同學竊竊窣窣，不時地看著我竊笑。朝會結束回班級路上，幾個同學索性跟著我，說一些我聽不懂的話。三年級的我搞不懂狀況也不知該怎麼回答，我們班導出手解圍，把我帶到辦公室。她從座位抽屜拿出一份報紙，指著上頭一篇報導的標題，說今天的報紙有修身的新聞，她拍拍我，要我別想太多趕快回教室。

那時根本不懂為什麼修身會上新聞，更不懂為何這則新聞讓我心裡悶悶的。晚餐後，我鼓起勇氣告訴媽媽早上碰到的事，儘管有點驚訝，她還是告訴我了。

「爸爸以前結過婚，後來離婚，又後來和媽媽結婚，然後有了你，有了妹妹。」

小學生哪懂離婚是什麼？但我開始明白原來文字是有惡意的，而且那樣的惡意不論輕重，總是會在心裡留下疤痕。那天過後，倒是沒人再提，我的小世界即使破了個洞，還是我最熟悉的小世界，日復一日，如實運轉。直到有天，那個洞被硬生生地挖開。

那天修身開車載著我和妹妹，說要帶我們見人。一位瘦瘦高高的，不大說話，感覺特別成熟，另一位更高更壯，很愛笑很愛說話，一下子和我們打成一片。修身說他們是你們的哥哥，以後要好好相處。瘦高的那位是大哥赫群，愛笑愛說話的那位是二哥立群。大哥那時已在念華岡藝校，打扮時髦，頭髮捲捲的，他的年紀自然和小朋友的我們聊不來。二哥與我年紀相仿，又愛開玩笑，很快的我們三個就在後座玩了起來。修身和大哥坐在前座，彼此沒說什麼，接下來幾十年好像都是這樣，弟弟妹妹們在後頭嬉鬧，兩個長子靜靜地在前方領著。

　　生命裡突然多了兩個哥哥是很微妙的，我們不是從小一起長大，卻又有無法割捨的血緣，我和妹妹有了更多依賴，可對他們又是陌生。就拿我來說吧，我很自然地接受了這兩位哥哥，卻又無法接受我從家中的老大變成老三；兩個哥哥幫我扛了許多責任，但當修身多給他們幾分關心時，我又不知該怎麼平衡。

　　修身跟他們說話時總多了些溫柔，多了些疼惜，可能因為不常見，我想他更珍惜與兩個兒子相處的時間。可不成熟的我總覺得不公平，就算我和妹妹跟他住一起，但他常不在家，就算在家也會把工作的脾氣帶回來，到底為什麼我們就得接受？

　　這種心情在長大後轉化為自卑，尤其當我進演藝圈，大哥憑藉

著天生的幽默感及過人反應成了家喻戶曉的明星，我這梁家的小演員就被冠上像《權力遊戲》裡的龍女一樣的超長稱號，「知名導演梁修身的兒子及知名主持人梁赫群的弟弟梁正群。」

我的小世界還是我的，但它縮得好小好小。

溫哥華留學的某年，二哥也來待了一段時間，後來修身也飛來，乾脆帶著我們三個小孩一起遊玩洛磯山脈。這當然不是第一次這樣的旅行，那時大哥已經回台灣工作，我們三個照慣例嘻嘻哈哈整個旅程。我和妹妹輪流開車，二哥負責帶路，修身不能開車也不懂英文倒也樂得輕鬆，我很少聽到他那樣真心地大笑。

洛磯山脈其實是一趟看風景的旅行，我和二哥才二十出頭，妹妹還在讀高中，很多時候我們只覺得看山看樹到底在看什麼。修身就不一樣了，每到一處風景，他總會幽幽地行走其中，像是被一抹寧靜的風勾著手，縱使腦裡還是滿滿的操煩，他的腳步變輕了，聲音也柔軟了，也許被一個念頭打中，他會決定留在此刻，安身立命。

旅程來到了一個小鎮 Kamloops，這是當年大哥來留學時待的地方，我們原本想找那時大哥住的寄宿家庭卻怎麼也找不著。我開車在小鎮裡繞著，心想十八歲的我一個人到溫哥華，也是住

在寄宿家庭，不過畢竟是待在一個大城市，華人又多。大哥他來Kamloops 時雖已二十五歲，但這小鎮上幾乎沒有華人，人生地不熟且語言不通，他真的很勇敢。

那天晚上我們沒事做，小鎮入夜後更是進入了睡眠模式，唯一的娛樂就是電影院。我們決定看《搶救雷恩大兵》。影廳小很快就坐滿，我讓他們坐在後排的三連位，自己則坐在最前排。沒有字幕的電影其實對我們都是負擔，《搶救雷恩大兵》又是一部對白很重要的戰爭片，我在第一排看得心好累。

我回頭查看他們，果然三個人都睡癱了，再轉頭回來，螢幕上Tom Hanks 正在難得寧靜裡和同袍說著感性的話。我又回頭看他們三個，修身、二哥、妹妹，三個人的頭各倒向一方，眼睛瞇著不知是否真的睡著，我好喜歡那個畫面。家人應該就是這樣吧？不管多平凡的生命一刻，總是讓你在多年後深刻記著。

四十歲生日的那晚，我好大喜功地找了一堆朋友到我最愛的餐廳慶生，不知哪來的念頭讓我也把修身請來，可能覺得四十歲是大壽，能安然活到這個年紀，也得好好感謝爸爸。酒過八百巡，我明顯大醉，而且我這個人的毛病就是喝醉了很喜歡發表感言，以下為朋友們第二天轉述。

基本上我先感謝所有人當開場白，好像講了一些笑話，好像也嗆了一些人。接著我感謝我的經紀人，然後開始今晚第一波的哭泣。再來我感謝我太太在我人生最糟的時候拉我一把，讓我想成為更好的人，這裡是第二波的哭泣。最後我把修身拉近，開始第三波也是今晚的高潮，我把心裡話全講出來了。

　　「……我真的覺得……對不起我爸……我是四個小孩裡……最沒有成就的……你看我大哥那麼好……我二哥在新加坡奮鬥……你看我妹在上海做得那麼好……我真的不知道我在幹嘛……」

　　大概就是這樣的內容，鬼擋牆地一直重複，一直大哭。

　　如今我們四個孩子都結婚了，修身也當了爺爺，他還是非常在意我們幾個兄弟姊妹有沒有好好聯絡，有沒有互動。前幾天他跟我說，有一天他也會像爺爺奶奶離開這個世界，他不希望我們小孩就斷了，就散了。我要他別擔心，血緣就在那，什麼也切不斷。

　　我的小世界依舊小，但他們永遠在裡頭。

CHAPTER 2

天堂與地獄，
只有一句話的距離

鬥牛要不要————

　　1998 年 6 月 24 日，《搶救雷恩大兵》正式在美國上映，正好十天前，Jordan 領軍的芝加哥公牛剛拿下隊史第六座冠軍。和大部分同齡的台灣孩子一樣，我是追著公牛隊長大的。那時不論男女幾乎都認識這支球隊，就算不認識也絕對看過他們的隊徽，是一隻紅色兇猛的牛。你知道嗎？如果把公牛隊的隊徽上下反過來看，會變成一個煩惱的機器人在讀一本書，不信你現在估狗看看。

　　Jordan 在台灣被稱為籃球之神，許多球迷奉他為籃球的圭臬、愛上 NBA 的起點。公牛隊稱霸的那段時間，不管在哪個球場，肯定有一個模仿 Jordan 的小哥。他會把護腕戴在靠近手肘的位置，上半身穿公牛的球衣，下半身搭配不協調的球褲，球鞋可能是 Jordan 七代，但襪子是爸爸平常慢跑穿的三花棉襪。

　　傳統上來說，籃球比賽是兩隊各派出五人，像五月天那樣負責不同的位置各司其職；「控球後衛」負責掌控節奏，讓戰術執行井然有序，就像團長怪獸；「得分後衛」顧名思義負責得分，往往是場上焦點，就像主唱阿信；「小前鋒」負責分擔前述兩人的工作，全面啟動，就像吉他手石頭；「大前鋒」負責分擔籃下的

工作，與中鋒相輔相成，就像貝斯手瑪莎；「中鋒」負責掌控籃下的節奏，很多時候是戰術的啟動機，就像鼓手冠佑。

我個子高，每次打球都被要求打中鋒，可是和傳統籃球不同的是，中鋒是街頭籃球最不華麗的位置，只要夠高夠壯就已經成功一半。隊友通常對中鋒沒有太多要求，只要好好站在籃框下用身高和肥肉做一些有利球隊的事，「喔！你不會打籃球嗎？那就在籃下搶我們沒投進的球就好啦！」「喔！你不會投籃嗎？那就在籃下補進我們沒投進的球就好啦！」

以料理來說，街頭籃球的中鋒就像「魚香茄子」裡的茄子，即便無味也必須存在。

因此沒有人愛當中鋒，因為中鋒永遠不會是女孩尖叫的對象，因為中鋒總是要和一堆肌肉男、胖胖男在籃下擠來擠去，尤其夏天的時候，每個人的球衣都是濕的，還有些男的乾脆打赤膊。你能想像整隻手臂從別人香汗淋漓的背上滑過的感覺嗎？大概就像撫摸從海底剛撈上來的章魚一樣吧。

我不要被我的身高定義，不要被我的體重定義，真正的籃球員應該是全方位的，像蔡依林。我要旋轉、跳躍，我不停歇，我要當一個什麼位置都能打的籃球員。

這也是爲什麼當大家都在瘋 Jordan 的時候，我反而喜歡他身旁的大將 Scottie Pippen，台灣翻譯成皮朋。他比 Jordan 高，有一個像劉德華的鷹鉤鼻，臉跟手腳都很長，走起路來像有個衣架卡在肩膀上，帶著南方爵士優雅的節奏踏出每一步。他主打的位置是小前鋒，但眞正在賽場上他是每個位置都能打，遊刃有餘。Pippen 就是心目中我在場上該有的樣子。

而且我和 Pippen 有一個很特殊的連結，我們都有偏頭痛的毛病。

他的症狀如何我不清楚，不過好幾次因爲偏頭痛缺賽而被媒體大作文章，質疑他的韌性，質疑他到底是不是男子漢？說眞的，講到偏頭痛我非常能感同身受，如果 Pippen 的症狀跟我一樣，別說上場比賽了，連去上廁所都難。

我媽一直有這個毛病，可我是到國中才出現問題，發作的次數並不頻繁，來的時候卻一點徵兆也沒有。可能上一秒還盯著電視，下一秒視線就出現疊影，像有人在我眼睛滴上一滴水銀，這時候如果照鏡子，我可能只看得到三分之一的臉。

我會趕緊吃頭痛藥，因爲大槪15分鐘後，視線恢復正常，偏頭痛就會正式登場。如果當時身上沒帶藥，我的頭會變得很緊，

其中半邊開始脹痛，而且是脹到可以感覺血管收縮，嗅覺聽覺都變得無比敏感，一點刺激就會想吐，卻什麼也吐不出來。（筆者寫到這裡認真開始頭痛，是寫得太好了嗎？）

就算吃藥也不保證有效，可能這麼多年下來我對各種品牌已經產生抗藥性，最好的方法就是睡覺，且一定要睡著讓頭腦重開機，但是頭痛成這樣怎麼睡得著？

高中時有個週末，才到中午就犯病，家裡剛好沒人，藥也吃完了，我只好躺回床上試著用睡眠治療。可是偏頭痛不依，它在我腦袋裡旋轉、跳躍，它不停歇，一直熬到傍晚也不見好轉。那天剛好修身早回家，他問我想不想去社區籃球場投投籃？我硬是爬起來，用意志換好球衣球褲，走起路來像有個衣架卡在肩膀上，帶著實驗電音混亂的節奏踏出每一步，我的臉始終保持微笑。

我太想和修身打球了。

父子相差三十多歲，我愛上籃球時他正忙著事業，等他比較有空的時候又打不動了。Jordan 的爸爸曾在訪問提到，Jordan 小時候不像哥哥們懂得幫爸爸修車修電器，有時甚至幫倒忙，Jordan 爸常會生氣地要他離開去找媽媽玩。也許因為一種尋求父親認可

的渴望，讓 Jordan 養成不服輸的個性，什麼事都要做到最頂尖。

我當然只尋求父親認可的部分，尤其他也是從年輕就熱愛籃球，不知道這算不算是一種心理障礙，一種自卑情節讓心裡渴求他能對我說一句：「你打的真的很好耶！」

也許這樣我才會知道，他是愛我的？

公牛王朝在我搬去溫哥華沒多久結束了，Jordan 退休、Pippen 轉隊，我像個空巢期的媽媽頓時失去重心。我還是追著 NBA，但不知為誰而追，就連溫哥華灰熊這支本地球隊都提不起興趣，因為他們打的實在太爛。

這時有位加拿大籍的球員在 NBA 嶄露頭角，他叫 Steve Nash，身高跟我差不多，主打控球後衛。大學的時候他會一邊走路，一邊拍著網球做練習，因為如果連那麼小的球都能控制得宜，籃球就更沒問題了。

同樣在1998年，Nash 正式加盟達拉斯小牛隊，和他同年入隊的還有一位來自德國的新人叫 Dirk Nowitzki，當年二十一歲，台灣球迷都稱他為德國坦克或是德佬。德佬有中鋒的身高，也有後衛的投籃準度，在那時 NBA 是極少見的人才。對應我平常打球

的樣子，明明長得高，卻喜歡在外線投籃，這個德佬不就是高階版的我嗎？而且我們同年。

德佬進 NBA 的第一年非常不適應，美式球風以及普遍對歐洲球員的偏見，讓他身心靈相當受挫，一度考慮是否該打包回家。幸好他身邊有一位始終相信他的伯樂，這個人叫 Holger Geschwindner，也是德國人，在德佬十幾歲時發掘他超越時代的籃球天賦，為他量身打造各種超越時代的訓練方法。

好比說深蹲投籃練習、單腳投籃練習、弓箭步投籃練習；Holger 也會邀請吹薩克斯風的朋友到球場，要德佬跟著即興的節奏做運球練習；沒練習時 Holger 會要求德佬學鋼琴和吉他，或是讀有關物理的教材。各種讓傳統教練無法理解的訓練，造就二十年後獨一無二的明星球員，而二十年間的不離不棄更讓兩人情同父子。

我渴望的好像就是這樣的感覺。在我幻想裡，修身從我小的時候就積極訓練我、督促我、教訓我、稱讚我，因為他看出我的天份，任何一種天份。他會看著我一路走來跌跌撞撞，始終陪著我，一步之遙，給我指引給我力量。然後在我功成名就那天，我會在台上高舉緊握他的手，告訴全世界這是我爸，沒有他就沒有我。全場淚流。

這好像太強人所難了。

那天傍晚修身帶著我和我的偏頭痛來到球場，天色已暗，球場的燈還沒開，視線並不好。稍微暖身後，我們決定來場鬥牛，一對一父子對決。

敬老尊賢，我讓他先進攻。他拿到球後立刻拔起來投籃，我根本來不及反應，球應聲入網，1比0。

球權還是他的，洗球後，他往右側進攻，踩沒兩步又再度跳起投籃，這是他的絕招「急停跳投」，球再度入網，2比0。

他再度發球，做了個假動作後往右側進攻，這次我把他擋住了，但是他將球換到左手，我誤以為他要改左側進攻，身體還來不及反應，他又投籃了，3比0。

這一次他洗球後直接跳投，球沒進，我搶到籃板，我運球到三分線準備進攻，幾次左右手交換運球後切入籃下，他跟不上我的速度，3比1。

輪到我發球，我乾脆學他洗球後直接投籃，球在籃框上繞了一圈沒進，我用身高優勢搶到籃板，一個假動作後補進，3比2。

球場的燈亮了，我倆喘到不行，他一直揉著膝蓋，我的頭已經痛到極致。我說不然先這樣吧，膝蓋不舒服就先回家，路上買個吃的，反正晚餐時間也到了。他笑笑地說：「可是我們還沒比完呢，我還領先喔。」我說沒關係，以後有的是機會，改天繼續。他點頭，呼吸緩了下來，我們肩並肩地離開球場，場上的燈光將我們的影子越拉越長、越拉越遠，像兩道通往未知的路，直到它們消失在雨後微濕的地面。

爺爺

「是的，現在這個神聖的信封在我的手上，我終於等到這個機會了。老爸，等下打開不管是你不是你，我都會報你、的、名、字！」赫群說完，全場爆笑。第43屆金鐘獎，修身和大哥受邀擔任頒獎人，妙的是他們頒的最佳導演獎修身也有入圍，大哥如此聰明的梗，不管修身有沒有得獎都是爆點。

「誒誒誒，你這是搶劫啊！」憲哥在旁逗趣地說，一番你來我往後，大哥打開信封，獎給了陳慧翎導演。大哥繼續搞笑，修身在旁靦腆地笑，多年後我在 Youtube 上重溫這個畫面，還挺溫馨的，兒子半私心、半開玩笑的希望爸爸得獎，而爸爸開心看著兒子在台上妙語如珠，得不得獎好像沒那麼重要。

這要換到四十年前可能就沒這麼輕鬆。那時修身以《春寒》這部電影入圍金馬獎最佳男主角，家裡最興奮的莫過於他的爸爸、我的爺爺。那時修身已出道六年，根據國家電影中心的紀錄他已經參與近四十部電影演出，其中包括讓他獲得「民族英雄」稱號的《筧橋英烈傳》。

《筧橋英烈傳》當年好像真的超紅，大概八成以上的叔叔伯伯

大媽大嬸稱讚修身時，講得都是這一部。也許因爲這樣，後來修身沒有因爲這部電影得獎，爺爺非常生氣。

爺爺是軍人，個性剛直倔強，十六歲那年出門買雙草鞋，在路上被國民黨抓去當兵，自此離家六十多年。這部分的歷史，爺爺動不動就拿出來說，基本上我們家所有小孩都聽過不下百遍，包括我們的另一半。如果有本書叫做《與梁家交往必修的十門課》，「爺爺的抗戰史」絕對排第一，「修身的飲酒科學」可能排第三。

爺爺奶奶來台灣後過得十分辛苦，當時修身還小，夫妻胼手胝足在屏東做各種小生意。修身長大後兩個弟弟剛出生，日子不見好轉，直到他入行當演員成爲大明星後，爺爺奶奶才稍能喘息。

很難想像爺爺是怎麼看待兒子做演員的。對他來說演員應該是另一個未知的世界，而且那時電視尚未普及，爺爺就算對這個未知世界有任何想像，可能也只是傳統的「戲子無情」這樣的老思想。偏偏奶奶愛看戲，爺爺再怎麼古板應該也能理解戲劇的魅力，也沒什麼好反對。最主要還是做演員是一個正當工作，有工作有錢賺，在那個時候好像比什麼都重要。

修身入圍金馬最佳男主角那年，爺爺一定比誰都開心。他常說

自己是個小兵，東征西討那麼多年就是個小兵。被抓去打仗那天，他莫名其妙加入一個軍團，然後莫名其妙地參加一場大會戰，軍團就莫名其妙地全軍覆沒。十六歲畢竟還是孩子，他身處異鄉四處乞討，好不容易活下來又被拉進另一個軍團，然後又一場大會戰，又一次慘絕人寰。

戰爭像一部低級的黑白電影，了無生趣，也奪走花樣年華該有的色彩。爺爺心中只想著生存，所有事只為了生存。他一直是個小兵，一個活到九十多歲擁有子子孫孫的小兵。

可他常常想不開，心裡的苦從小到老，不管外在給的或自找的，他一直覺得好苦。他對三個兒子嚴厲管教，那個年代用打的只是正常發揮。三個兒子都算孝順，可父子間總有說不出的疏遠，漸漸地，那樣的疏遠像皮膚被穿在身上，連簡單的問候也只剩幾句了無生氣。

那是一個很奇妙的狀態，心是熱的，外表是冷的，想說的話哽在喉頭，想做的事留到下次再說。

其實修身當演員，爺爺也算幕後推手，當時修身上台北不知該做什麼，剛好爺爺有個同鄉在中視擔任要職，就這樣把他帶進電視台。新進演員也是苦，每天到電視台報到只為了爭取隨時有可

能需要的小角色。不久後，修身還真獲得機會，而且是一齣戲的主角，欣喜若狂之餘，他卻發現自己連表演是什麼都不懂。也是不久後，電視台發現這個新人真的不會演，把他給換了。天堂到地獄，有時只需要一句話。

修身只好又每天到電視台報到，接演不同的小角色，直到某天在片場被蔡揚名導演相中，從臨演拔升為第二要角。地獄到天堂，有時也只需一句話。

所以命運啊，不能只憑操之在我的心態對抗，因為不可抗的力量才是最可怕的。那一年金馬獎頒獎前夕，修身已獲得消息得獎的人不是他，他的沮喪可想而知，但爺爺是怒到不行，直說要找記者、上報紙、用盡方法讓全世界知道有多不公平。這件事幾十年後聽爺爺轉述，還是可以看到他的咬牙切齒。

爺爺咬牙切齒的時候像是一個全新角色，曾經的、真實的、既定的人設在瞬間彷彿被平行時空的另一個他取代，那個熟悉的、自然的、慈祥的面孔變得無法預測。

尤其當他喝了酒，聲音變得暴躁，肢體變得粗糙，喝進肚子的酒成了某種扭曲的勇氣和理由，他怒視的眼神盡是憎恨。他站起來就是咆哮，往事從他嘴裡猛烈的嘔，混亂的細數眼前每個人的

罪。管不了那晚是除夕，他衝著修身來，衝著修身的面質問在某年某月的某一天，為什麼某個人做了某件不可原諒的事？修身什麼都不想說，可他的臉說了一切。爺爺抓起手邊的椅子，暴力隨著話語裡的不可置信將椅子重重摔爛，修身更不想說話，他在腦裡反覆辯證是非對錯，幸好理性及時的攔住他。爺爺更氣了，好像世界在今日誕生，在今日毀滅。他推了兒子一把，舉起拳頭，兒子踉蹌地撞倒身後一片無辜，拳頭緊握，糾纏幾十年的不可理喻即將在兒子身上留下不可泯滅的傷。

媽媽大吼一聲，客廳靜止不動，只剩心跳、呼吸和流不出的淚。

修身很少說起年輕時與爺爺相處的故事，有的是他們曾經做過什麼小買賣，又曾在家養了什麼或種了什麼維生。中年了，他越來越忙，爺爺幾近退休，他們的生活更沒有交集。修身噓寒問暖依舊，爺爺叨著衣服穿得夠不夠。孩子在父母的眼裡永遠是孩子，不管多老，但是否總有一個臨界點，父母更老了，更需要寵、需要哄，角色漸漸的互換。

於是他會在放假的時候探望父母，在八坪大的客廳一起看著電視新聞，讓主播的聲音填滿那空間的無語。每隔一段時間他會大聲問話，問父母今天吃了什麼？父母也大聲回話。中午買了兩個便當，昨晚還剩了幾個菜在冰箱，你弟弟在景美買了好多包子

今天給送了過來。在不斷循環的新聞片段裡，他們又達成一次情感維繫的最低值。

於是又過一段時間他不小心多喝了點酒，一股腦地衝去兒子媳婦家劈頭就罵，他的呼吸急促，雙拳緊握，身子緊繃的似乎只要一點裂痕，就會分崩瓦解。他酒醉的思緒迴盪在過去某一段的怨念。為什麼那年回大陸，那個人要那樣跟我說話？為什麼那個人不知道我的為難？他咆哮，他要兒子給個說法，兒子悶著氣好說歹說，那氣的重量隨著疲乏，越陷越沉。

於是再過了不久，他還是緊抓沒拍戲的時間去看父母，在八坪大的客廳聽著他們說著往事，說著說著父親哭了，縱使回去了幾次，父親還是想老家。唉呀家裡那個誰和那個誰都還在，但他們都老了還能再見幾次面呢？他只懂帶些不耐地安慰著，然後在心裡做些盤算。

是一種循環吧，人生在世，不可承受之輕。爺爺窮極一生給家裡溫飽，有天發現孩子獨當一面，他肩上的擔子雖然輕了，家人的依賴也少了，可他的心空了一個洞，在一輩子的喜怒哀樂裡，他選擇用恨填滿。未來有天修身也會遇到的這個時刻，他該怎麼選擇？他會怎麼選擇？

至少那一次爺爺在家哭過後，修身選擇陪他回老家。老家在安徽大梁莊，沒錯，村裡頭全姓梁，而且都遵照著族譜取名，所以在路上碰到同名同姓的並不意外。那時的大梁莊還缺乏建設，光是從大城市拉車過去就要五六個小時，是典型的農莊，生活習慣大不相同。上廁所要到戶外茅廁，洗臉的盆子是晚上炒菜的鍋，睡覺的床被更是從簡。城市來的修身好不適應，但他努力甘之如飴，陪爺爺祭祖，陪爺爺探訪老友，帶了好多伴手禮讓爺爺做足面子。

　　一週時間很快就過去，在機場見到修身時明顯瘦了，皮膚也黑了，眼裡盡是疲態。這樣匆促的旅行對爺爺也是折騰，上車一路睡到他們住的地方，也沒說什麼的就和奶奶下車回家，好像這趟返鄉只是個打卡行程，在代辦事項打了個勾，直到下一回的思念湧起。

　　看他們拍的照片，爺爺在裡頭笑得開心，偶有幾張修身站他身旁專注著看爺爺，那樣一路護著、陪著。修身帶著無奈說起過去一週發生的事，有好笑、有荒謬、有累人、也有後悔不該跟去的。但說是這麼說，他的詞語間還是不小心透露一絲絲的滿足。完成爺爺的心願，也是完成他自己的心願。

　　直到下一次爺爺又想起故鄉，又想起幾十年的糾結，他會多喝

了酒，修身還得忍著。這樣的循環，生命不可承受之輕，也許該由我來打破。

CHAPTER 3

人生應該有
更偉大的意義不是嗎？

收音機頭 ⎯⎯⎯⎯⎯ ♪

　　讀國中的時候，有幾個月的時間跟一個酷同學變得很熟，他是隔壁班的，個子高，髮型是當時流行的郭富城頭，也是人們俗稱的麥當勞頭。國中生也才13、14歲，這傢伙竟然已經在聽重金屬搖滾，現在想想只記得他長相老成，卻記不得是哪一班叫什麼名字，如此謎一般的角色像「逃學威龍」裡的周星星，被派來臥底調查時下國中生的音樂喜好。以下為真實對話。

　　酷同學：「你平常都聽什麼？」
　　正群：「（不知所措） 誒……都聽現在流行的啊……就是那個……那個……」
　　酷同學：「你有聽過 White Lion 嗎？」
　　正群：「（更不知所措） 蛤？歪特……來煙？」
　　酷同學：「白獅合唱團啊。」
　　正群：「（冒冷汗） 白癡……合唱團……？」
　　酷同學：「白！獅！這片西低你拿回去聽。」

　　當晚，我將修身那片理查克萊德門的西低拿出，把酷同學借我的專輯放進音響，突然強烈的鼓聲從喇叭爆出，緊接著是撕裂的吉他，然後主唱用他迷人的嗓音唱出「喔～喔～喔」的時候，修

身按耐不住，以下為眞實對話。

修身：「你到底在聽什麼？」
正群：「（不知所措）我……這我同學借我的……他說是白獅……合唱團……」
修身：「白癡？」
正群：「（更不知所措）白、獅、合、唱、團……」
修身：「這哪裡像合唱團啊？把我的理查克萊德門放回去！」

是啊，爲什麼叫合唱團？時至今日還是有很多搖滾團被翻成什麼什麼合唱團，而且爲什麼 The White Stripes 是白線條合唱團，Coldplay 卻是酷玩樂團？ Coldplay 的成員還比較多耶。不過說到九〇年代中文譯名取得最好的還是 Boyz II Men，大人小孩雙拍檔。

總之第二天我把西低還給酷同學，他非常期待我的反應，而我非常場面地讚不絕口，於是他又得意地從口袋拿出另一張西低，封面是一個小 baby 在水裡追一張鈔票。酷同學說這張很經典，這張專輯會改變世界。

這是國中生該說的話嗎？

但當晚我根本不敢聽那張專輯，可能不想我的世界被改變，第二天我照樣講場面話，老成的酷同學就再也沒借我西低了。後來上大學才知道那張專輯世界有名，而且主唱在1994年自殺，成為樂迷心中永垂不朽的神，那個團叫 Nirvana，中文翻成超脫合唱團。

　　如果要為我十八歲前的人生配樂，理查克萊德門的音樂再適合不過。他的節奏平穩，音符一個個的清澈，沒有矯情、沒有激情、沒有悲情，就是穩穩地在熙來攘往的飯店大廳、在請客戶耐心等待的電話語音、在人擠人的電梯裡悠然地播放著，而聽者往往忽略它的存在。每個人都能在音樂裡找到自己的信仰，修身找到了理查、酷同學找到了 Nirvana，我卻什麼也沒找著。

　　十八歲的我就像一隻沒什麼腦的鮭魚，當其他鮭魚努力逆流而上，我也只是聳聳肩，讓水流帶著我順流而下。我沒有太多想法，只希望能勉強達到長輩給的期望，順意地走著他們幫忙鋪好的路，所以我去了溫哥華。

　　許多年前在溫哥華市中心的 Robson Street 及 Burrard Street 路口有一間 Virgin Megastore，它有點類似台灣的法雅客，專賣影音產品。某天晚上經過，發現店裡店外排滿日本人，我不小心找了一位很可愛的日本女生問問到底怎麼回事？她用充滿鼻音的

日本腔說了一個我沒聽過的樂團，又或許我根本沒在聽，因為她長得太可愛了，有點像瘦小的廣瀨鈴。

還來不及聽她解釋清楚，店裡突然集體尖叫。一個很美的女生穿梭在人群中，後面跟著兩個很時尚的男生，有幸和他們握到手的人興奮到快暈過去。可愛日本女生激動地指著說：「你看你看就是他們！ Dreams Come True ！」

那天以後我幾乎有空就會去那家店，一開始是肖想能與可愛日本女生再次相遇。但相遇時刻又得裝著不期而遇，所以我會在店裡試聽各種音樂來放大巧遇的可能性。久而久之，去店裡的渴望變得真實，音樂好像觸動我某條被箝制住的神經，打通任督二脈後，我發現我好像能看見音樂。

這概念聽起來非常詭異，就像人家說「我能吃到你對食物的愛」或是「令人怦然心動的整理魔法。」

「看見音樂」這種說法感覺就像理查克萊德門彈奏不出的矯情。可我真的看到了，就算是理查的音樂也看得到，通常是一個畫面或是一個片段，好像音樂給了我養分，灌溉出一整片幻想森林。

有了一片幻想森林，就開始往內在檢視，那段日子音樂上的自

我學習，藉由聽覺打開我的視野，我的內心突然蠢蠢欲動。我有一個朋友 Thomas，認識很久卻不是很熟，某次去他家玩才知道他和幾個朋友組了一個團，還沒取團名也沒有固定曲風，場面王如我用一種迂迴的說話方式讓自己被邀請入團。不會唱歌也不會樂器的我，就這樣成了主唱和吉他手。

當了主唱和吉他手，我又更往內心檢視，那段日子萌芽茁壯的叛逆，藉由「樂團主唱」如此威的稱號被放大一萬倍，我開始覺得為何要念書？人生應該有更偉大的意義不是嗎？也許我也能出一張專輯？也許我也能出一張改變世界的專輯？以上矯情的四句話被我認真地寫在只寫了兩個月的日記裡。

於是暑假過後，我去書店買了一本《給白癡上的吉他課》，我開始試著作曲寫歌。在此同時，我瘋狂愛上一個英國樂團，他們的音樂風格一般人（我媽）會說你聽那麼 sad 的音樂幹嘛？但在我聽來是一種只有我聽得懂的語言，唱出一個原來我也值得存在的世界。

這個團叫 Radiohead。

二十出頭的我其實沒有方向，爸媽都在台灣，家裡只有我和妹妹，有一個交往穩定的女友，還有一些朋友。日復一日，打電動、

上學、放學、約會、打電動，再也平凡不過。日復一日，生活活成了麻木，生活不再生活。

Radiohead 的音樂救了我，在他們破碎的歌詞中、在他們複雜交疊的編曲裡，主唱用他多愁的聲線穿透我虛構多年的假象，打破成長的束縛，讓我毅然決然地休學，專心做音樂。而且這樣不夠滿足，我還報名錄音學校，準備當一個專業錄音師，打臉媽媽曾對我說的「興趣不能拿來當職業。」

我自信滿滿地透過越洋電話告訴修身我石破天驚的決定，然後他就發火了。以下為那通電話大約九成的真實呈現。

「你竟然不告訴我們就自己休學？我跟你說我們辛辛苦苦送你們去國外念書到底是為了什麼？就讓你這樣隨心所欲？而且你去念錄音工程？錄音工程有什麼好學的？不就是按錄音鍵就好了嗎？我們是不是都對你們太好？你們是不是都太不知好歹啊？」

首先，我從來不知道可以全程用問句罵人。再來，有兩個或以上兄弟姐妹的人都很可憐，就算罵的不是自己也好像在罵你。修身從那天以後再也不跟我說話，整整一年。

現在回想起錄音學校的兩年時間，真是人生難得的滿足，而且充滿可能。就像有一晚我和同學們幫一個獨立樂團錄歌，通常主唱會有自己的隔間來阻絕其他樂器的干擾，那個女主唱一進隔間就在地上擺一圈蠟燭，她優雅地一個一個點著，然後脫下全身衣物，走進那圈蠟燭的正中央，閉著眼睛做一系列瑜伽伸展，而且都沒燙到。她張開眼，氣若游絲地說：「來錄吧，我放鬆了。」

真是人生難得的滿足，聽覺上和視覺上的。

又過了一年，我即將從錄音學校畢業，那時加拿大景氣非常差，所有老師都勸我們這些有亞洲背景的學生回自己國家工作，錄音已經是個很苦的行業，至少回去不會餓死。我好像又回到某個十字路口，離開學校的保護傘，原本對未來無知的興奮和恐懼，真要面對時，只剩恐懼。

修身在這年斷斷續續開始跟我說話，不過每次交談，心與心的距離好像遠超於台北到溫哥華的飛行距離。後來我跟他表達想搬回台灣的意願，他不置可否。下一次通話，我又再慎重地說經過認真考慮，決定回台灣。修身久久不語（他很愛久久不語），然後撂下一句：「你回台灣能做什麼？」

（讀到這裡，請你去找 Radiohead 的一首歌〈Paranoid Android〉開

始播放，然後繼續讀下去。）

修身的話很讓我受傷，好不容易做的決定被當場擊沉，但老師們舉的各種初階錄音師找不到工作，或是被歌手逼去買大麻結果被警察抓的故事歷歷在目，我又失去方向。

幾週後，Radiohead 到溫哥華開演唱會，我暫時拋下煩躁前往 Thunderbird Stadium，期待半年的演唱會，心中的神明們就在眼前，此刻沒有什麼比這更重要。我從第一首歌就開始哭，從第一首歌就大聲唱，所有的悶與煩在那三個小時悲到最高點。

演唱會傍晚開始，但溫哥華的夏天日落晚，當他們開始唱〈Paranoid Android〉這首歌，太陽只剩半臉。這首歌是個慢板、快板、慢板交錯，長達六分鐘的歌，夕陽就在這六分鐘從舞台背後悄悄灑入，台上五個人化成剪影，殘餘的日光試著照亮台下每張臉，臉上都是一種曖昧不明的昏黃。當主唱 Thom Yorke 唱著最後那三分之一慢板時，所有人大聲合唱。

Rain down, rain down, come on rain down, on me. From a great height, from a great height.

那瞬間我好像懂了什麼，雖然說不出來，但那一刻起我不再迷

惑。

「我要回台灣。」

第二天我打給媽媽告知我的決定，也順便抱怨一下修身。我說：「他那樣講誰敢回去啊？但我學的也是一門技術，怎麼可能找不到工作啊？」媽媽嘆了一口氣，她說：「你別這樣想，你爸就是這樣，其實他都幫你想好了，他接下來要做幾部電視劇，說配樂都讓你做。」

正群聽了久久不語（他也很愛久久不語），但媽媽知道他在電話的另一頭偷偷掉眼淚。

停車場裡的奶茶 ———⟡

　　現在想到那天晚上還是好不真實。2018年的金馬獎，《誰先愛上他的》這部電影多項入圍，雖然演的是配角，導演譽庭姐卻邀我一起走紅毯，那是我第一次參加這麼盛大的頒獎典禮。我在紅毯前的等待區域，與仰慕已久的導演和演員摩肩接踵，好不浪漫，好像瑪利歐從旗杆滑下來，悠悠地跑進城堡才發現劉德華一直在裡面等著。

　　走完紅毯我們被邀請入座，通常同個劇組會被分在同一排，入圍者坐在靠走道的位置以方便進出及採訪，我這個觀禮的人就得往裡坐。當我找到位置，發現我在第三排的正中央，而前面兩排坐的人分別是李安、劉德華和謝金燕。

　　真是太不真實，雖然做過類似的夢，但夢裡坐在我前面的是皮卡丘和強尼戴普，我們一起入圍最佳卡通人物（後來我輸了）。典禮結束的 after party 也像一場夢，所有參與者在雅緻的宴會廳，放鬆地四處交流，好像回到五〇年代的好萊塢那樣，空氣裡散著雪茄的氣味和片場八卦，一種專屬電影的魔幻時刻。

　　我太害羞了，不敢四處亂跑，照理說那是一個很適合介紹自己

的場合。在我們的對桌，我看到了劉若英，我們其實在典禮會場就已經照面，幾次四目相交，她好像記得我又不是那麼確定。我鼓起勇氣，在她經過我們這桌時僵硬地介紹自己，幸好，她真的記得我。

決定搬回台灣前，有段時間我在溫哥華當地華人開的製片公司打工，我在裡頭做製片助理，基本上就是個打雜的角色。公司接的案子也都是拍攝當地華人店鋪的廣告，在當地的中文電視台播放。工作很簡單，畢竟預算不高，只要能完整傳達特價活動或開幕資訊就好。

常一起合作在片場耍廢的還有一位也從台灣來的大哥，之前是做電視幕後，舉家搬來溫哥華，為了討生活重操舊業。也許當初選擇留在台灣，他會接到不錯的案子，勞心勞力累積經驗值後，某天他也會入圍金馬，度過像我那樣夢幻般的夜晚。但他選擇孩子。大哥常跟我報告兒子的日常生活，不管大事小事，他的語速充滿對兒子的驕傲，像是要一個字一個字地讓我聽清楚他的選擇沒錯。

做沒多久，公司接到大案子，大哥說是台灣來的電影劇組，我們提供本地支援。電影片名叫《候鳥》，男女主角分別為黃品源及劉若英，我的工作就是打雜的升級版，負責接送演員並處理演

員的大小事兼翻譯。

雖然不是第一次跟著專業劇組拍攝，但是第一次這麼近距離地見到大明星，二十出頭的我見到他們連話都說不好，接送也不敢開太快，深怕一個急剎車傷到他們。劇組的人說我應該是台灣電影史上開車最慢的製片助理。

有天劉若英提早收工，製片要我先送她回飯店休息，她沒有帶助理，所以車上只有我們兩個。正群緊張地直冒汗。她說回飯店前想先去超市買些東西，我戰戰兢兢地載她去飯店附近的八佰伴中心，停好車，我們並肩走著。

「誒，我問你喔。」
「怎……怎麼了，若英姐？」
「叫我奶茶就好了啦，你是在這念書喔？學什麼的？」
「我是學錄音……工程……」
「喔？在錄音室錄音樂嗎？」

我試著跟她解釋我們的課程不只錄音樂，也包括電視電影的聲音後製，拋出一堆英文專有名詞後我在心裡自我譴責，「到底會不會聊天啊？」但奶茶姐耐心聽我說完，還講一些她在錄音室發生過的趣事。我們邊聊邊在超市走著，她聲音溫柔，挑水果挑得

優雅，我心頭的小鹿不敢相信眼前正發生的一切。

　　回停車場的路上，她勾起我的右手，我心頭的小鹿正式停止呼吸。

「真的喔？你想演戲？當演員很辛苦喔。」
「我是想啦，但好像沒那種天分。」
「你都還沒試怎麼知道呢？」
「嗯……我沒什麼自信吧。」
「比起那些，能不能堅持做下去還更重要，想做就去試試吧，我支持你。」

　　時間快轉，我已經搬回台灣三年，這期間修身將他製作的戲的配樂工作全交給我。我的專業是錄音，作曲反而是自學的不成熟，拿別人的作品當實驗，現在覺得愧對導演們。不過也因為修身的幫助稍微有點成績，在 2006、2007 年連續做了幾部電視電影配樂，達到個人配樂生涯的最高點。

　　同樣在 2006 年達到巔峰的，還有我的達拉斯小牛隊，我的偶像德佬是隊上唯一的明星球員，他率領全隊過關斬將，隊史上第一次闖進冠軍賽。修身像總統賀電那樣第一時間打來，「恭喜啊，你們小牛隊終於進冠軍賽了，這就告訴你人生做什麼都要努力，

努力就會有結果，就像你現在做配樂要好好做，夠努力才會被人看見。先這樣囉。」原來，修身大學主修機會教育。

　　小牛隊在冠軍賽遇到的是邁阿密熱火隊，邁阿密給人的刻板印象就是夜店、沙灘、比基尼的 chill，但他們的球迷一點都不chill，因為熱火隊也是史上第一次打冠軍賽。賭上隊史第一座冠軍的尊嚴，兩座城市的球迷傾巢而出，也包括我本人。球迷是很奇妙的生物，總覺得自己和支持的球隊間有一股不可見的神秘力量，行為舉止，舉足輕重。如果今早出門見到黑貓，幾千公里外最喜愛的球隊今天就一定會輸球，大概是類似這樣的迷信。

　　我個人迷信的部分跟您報告一下，我會在比賽的前晚穿小牛隊的球衣睡覺，第二天醒來，我會將球衣平整地鋪在沙發，到比賽前都不能動。比賽過程中如果小牛隊領先就無所謂，如果落後，我會將球衣反過來放以求改運，如果還是輸球那就只能把手中的杯子重重地摔在地上。這樣的腦粉儀式贏球機率大約八成，沒有人能證明是球隊本身就很強，還是我的法力無遠弗屆。

　　前面兩戰在我的助力下小牛隊輕鬆取勝，挾著連勝威力，我索性將球衣留在沙發，連家貓都不准碰。第三戰回到邁阿密主場，小牛隊持續壓倒性的領先，眼見就要在七戰四勝的賽制裡率先聽牌。殊不知比賽結束前六分鐘，我們領先13分，熱火隊卻在此

時殺出程咬金。台灣球迷俗稱的閃電俠 Dwyane Wade 一個人扭轉局勢。比賽結束前 3.4 秒，德佬被犯規，熱火隊 97 比 95 領先兩分。

我跪在電視機前全身發抖，腋下全濕，太專注於比賽的結果是回頭一看，家貓就躺在球衣上，我大聲斥責。德佬站在罰球線，兩球都進才能追平比數，德佬在全場球迷的噓聲中深吸一口，兩眼專注，生涯幾萬次投籃養成的肌肉記憶，在這個關鍵時刻他順勢投出，第一球罰進，97 比 96。

裁判把球還給德佬，全場的鼓噪聲更大了。德佬依舊順著節奏調整呼吸，投出第二球。球劃過空氣，落下的瞬間撞到籃框前緣，作用力使它反彈到籃板，再彈回前緣，然後球就掉出來了。

也許是我擅自改變儀式的順序，也許是家貓的毛玷汙了球衣，也許小牛隊就是無法堅持下去，那天輸球後他們接著連輸三場，熱火隊以四勝二敗的戰績獲得隊史第一座冠軍。修身像總統致哀那樣第一時間打來，「可惜啊，就差那麼一點。沒關係我們明年再來。」他也知道這不是機會教育的好時機。

隔年，小牛隊捲土重來，四處交易補強後打出全聯盟第一的戰績，球評一致認為經過上季的悲情，小牛隊越挫越勇，本季冠軍

非我們莫屬。不過我的信心爆棚卻不苟且，球衣乾淨卻不讓貓碰，每天晚上我穿著球衣睡覺，每天早上我把它掛起來膜拜，比賽當天照樣將球衣平整鋪在沙發，隨著球賽起伏調整位置。

然後小牛隊在第一輪就被淘汰。

我的偶像德佬遭遇生涯最大挫敗，媒體球迷給他扣上各種羞辱的形容詞。最諷刺的是球隊提早打包回家，德佬卻得強顏歡笑，因為他獲得年度最有價值球員。所以你估狗「2007 NBA MVP」，可以看到德佬的二十四種假笑。

同樣在那年陷入低潮的還有我本人，年初做完一部電影配樂後就再也沒接到案子，淺薄的音樂底子終究露餡。配樂不是襯底，是該適時且有深度的詮釋視覺所見。這樣的窘境一直持續到08年，修身雖然著急，但那年他只製作了一部連續劇，而且上檔時間在即，我也只有時間寫一首片尾曲。

幾乎整年沒工作把我的個性磨得扁扁的，自己都瞧不見自己，好像一覺醒來被拋在海的正中央載浮載沉，怨懟像風乾的鹽沾滿我的臉。我興起逃避的念頭，早知道不該回台灣，放棄在錄音學校建立的人脈。我乾脆回溫哥華算了？但是把存摺打開，餘額連半張機票都買不了，我的頭腦起了毛球，我的思緒陷入某種迴

路。

我可能從頭到尾根本不喜歡做配樂？

把自己關在房間的一個月後，某天修身硬把我帶去他的殺青酒，我的心理狀況完全無法社交，只能擺出屬於我的二十四種假笑。吃到快結束，一位演藝圈的大前輩走到我面前，問說有沒有興趣演戲？我回了一些繞圈子的話，前輩說別急著決定，決定了再跟她聯絡。

那晚我輾轉難眠，每個選擇都像一條新的時間軸，我們永遠不會知道平行前進的那些時間裡，我們過得好不好。我其實一直都有表演的慾望，只是說不出口，而且雖然修身沒有說，但我知道那不是他想要孩子走的路。所以我不斷接受他的安排，因為那是最安全的選擇，對彼此都是。

天快亮了，我突然想起那天在八佰伴的停車場，奶茶姐說的，不試試看永遠不會知道，而且她支持我。第二天，提著莫名的勇氣我打給前輩，是時候為自己做一次決定。

幸好這麼多年後在金馬相遇，她還記得我。我說我轉當演員了，還在繼續努力。她說：「這樣很好啊，也許有天我們可以一

人生應該有更偉大的意義不是嗎？

起拍戲。」奶茶姐還是像當年那樣溫暖，對一個毫不相干的人。
她應該不記得跟我說了什麼，但有時好像就是這樣，有人不經意
地在我頭上放了一盞燈，等著某天被點亮，我也就不害怕了。

老梁賣瓜 ———○

聽說我有地中海貧血，大部分人第一個反應是「你這麼高這麼壯！怎麼可能？」接著就會自以為幽默地拿各種海開玩笑。「那我也有加勒比海貧血哈哈哈哈」、「那我也有死海貧血所以我會浮在水上哈哈哈哈」、「那我也有地中海貧血不信你看我的頭髮哈哈哈哈」以上皆為真實案例。

相關地中海貧血知識請去估狗，我算輕微的不會過度影響日常生活，而且多虧了它，當年我只需當十二天的國民兵，退伍後還不用回去教召，小事一樁。

但在修身眼裡，孩子的事都是大事。

那天早上，所有役男必須在早上六點鐘準時到台北車站集合，不到五點，修身就已經催促我出門。清晨的北車是個不適合分別的地方，燈光昏暗，行人匆匆，像一場沒有溫度的畢業舞會，還有大約兩百個呆滯的役男散發著各種宅味。畢竟我們都剛起床，牙都懶得刷。

在一片蹲坐的役男中，只有一位長者鶴立雞群，雙手插胸面色

凝重。您猜對了，就是修身。他一直待到我們準備去搭火車才說話。

「誒！我會去看你啊！」
「不用啦！才十二天不用啦！」
「沒關係！我去看你！」
「才十二天又在台中！不用來啦！」
「沒關係！我會去！」

就這樣你來我往的對話隨著我們之間的距離越來越大聲，僅僅十二天的生離死別，不知其他役男是羨慕嫉妒還是白眼翻到行天宮？

做兵的日子萬分無聊，我們這群帶著各自怪奇病痛的老弱殘兵，長官也怕出事，索性讓我們每天待在教室坐著。就是坐著，什麼事都不用做的坐著。然後有天不知誰弄出一本哈利波特，瘋搶程度不輸口罩，我到退伍前都還沒排到。

大概第六天，廣播傳來我的名字，說話的人要我立刻到營長室報到，我直覺不妙。在營長室門口，我躡手躡腳地請求進入，一個爽朗的聲音回應，好險，修身沒在裡面。慶幸不過兩秒，我就在想為什麼營長握著電話對我慈眉善目地笑？「來，電話給你，

你爸要跟你說話。」

我臉漲紅，電話那頭的修身用同樣爽朗的聲音噓寒問暖，我只能用羞愧的狀聲詞搪塞，他說過兩天要來成功嶺探親，我拚了命地拒絕。

掛了電話，營長搭上我的肩。

「你爸是我們的民族英雄！需要什麼直接跟我說！」
「謝謝營長！我都很好！」
「沒關係！有什麼需要來找我！」
「謝謝營長！長官都很照顧我！不麻煩您！」
「真的別客氣！隨時來找我！」

我像日本人那樣邊鞠躬邊離開營長室，你來我往的對話隨著我們之間的距離越來越大聲，僅僅十二天的攀關係，不知其他役男是羨慕嫉妒還是白眼翻到宮原眼科？

結訓那天，我才走出成功嶺就接到電話，修身早就帶著媽媽在後門等著。成功嶺很大，我拿著那時周杰倫代言的 GD-55 迷你手機遍尋不著後門的位置。那支手機跟我的耳朵差不多大，收訊不好，又容易從手裡飛出去，我氣急攻心，半個鐘頭後才找到他

們。一上車我滿臉氣噗噗，語氣不耐。修身看我這樣倒也挺輕鬆地說：「辛苦啦，我們去吃大餐。」沿途，我連一句謝謝都沒說。

其實我是想說的，卻一直開不了口，二十幾歲的叛逆就是無法拉下臉，即便不生氣了、滿頭的汗也乾了，就是不想說。好像一場眨眼比賽的豪賭，誰的眼皮先動誰就輸，只是對手根本不知道他有參賽。

美劇《摩登家庭》第七季第八集，來自哥倫比亞的 Gloria 因為英文不好，在一場競標的慈善晚會標到了心理專家到府服務。這位心理專家主打以階段性的遊戲及角色扮演，來清空心裡那個塞滿垃圾的抽屜，這個舉動惹得家裡幾個保守的成員不開心，尤其是 Gloria 的老公 Jay。Jay 身為大家長，生於那個打落門牙和血吞的年代，對於新世代的心理治療根本不屑一顧，而且他只想在這難得的假日安安靜靜地看場美式足球。

這集到最後，Gloria 火了，她質疑 Jay 從不好好正視心中的感覺，所以連對孩子的愛都說不出口。然後 Jay 也火了。

「夠了！我不玩了！我們到底幹嘛？又跳舞又講秘密的，搞得好像小女孩的睡衣派對。我完全可以想像我爸和他那群朋友坐在那裡笑我錯過整天的比賽只為了跟心裡的情感交流？」

Jay 說他的爸爸及朋友們才不幹什麼心理治療，因為他們都是真男人。譬如他爸最好的朋友在鐵工廠不小心切掉半根手指，卻還是等到值班結束才去醫院。還有 Jay 以前在比賽的時候撞斷鎖骨，他爸就只是在觀眾席比一個「撐下去」的手勢，他只好繼續比賽直到昏過去。Jay 甚至談到一起去畢業舞會的舞伴最後竟然跟另一個男的跑了，他整個心碎。那晚爸爸在廚房做了一個三明治逼他吃掉，要他吃完就忘了那個女的。

　　「所以我們浪費時間談什麼情感啊！我連在我爸的葬禮都沒哭，我爸是我的全世界耶，但那天我連一滴眼淚都沒有，每個人看我的眼神好像我根本不愛我爸，但他一定知道啊……他應該知道吧……」

　　Jay 說著說著就哭了，即使這集看了不下百遍，我也跟著哭了。我和修身之間好像總是這樣，總要在彼此面前築一道牆，把心裡的喜哀樂壓在最底層，只有怒的時候才會打破沉默。為什麼只有怒的時候？難道是一種不說破的默契？一種理所當然的宣洩？

　　決定做演員後，我天真地以為在經紀公司的助力下從此一帆風順。現實是我出道太晚，三十歲男子長得不是特別帥、身材不是特別好，更不是科班出身，我在演藝圈沒有定位。在這個圈子生存得有特色，對絕大部分的人來說，我除了有個「星二代」的標

籤，其他一無是處。

對於我的決定，媽媽是反對的，她跟一位演員老公相處幾十年，非常清楚這個行業的現實殘酷。修身倒是不形於色，對於我的決定他只用擅長的大道理曉以大義，包括許多片場的倫理道德，可我就是接不到案子呀。

修身當然比我還急，四處跟各大製作人老梁賣瓜，自賣自誇。記得有次回家修身很酷地說某導演想跟我見面聊角色，那位導演拍了很多膾炙人口的電影，我不敢相信我的好運。隔天我準時到某導的辦公室，他客氣地跟我聊了許多，只不過內容與角色無關，甚至跟任何戲都無關，就是閒聊。那段閒聊內容如果發生在酒吧也完全成立。

兩個小時後某導準備出門吃飯，「那今天先這樣啦，我也是你爸拜託我才跟你約的，反正剛跟你講那些演藝圈的事你想想，演員不好當啊，而且你要再瘦一點。」

現在的我會覺得認識導演也沒什麼不好，但當時新人的我總會大失所望，而且類似的事一再發生，不好拒絕前輩的請託，卻也沒適合的角色給那個請託。修身一定也很失望。

其實出道第一年曾有個很好的機會，偉忠哥找我演《光陰的故事》，是主角，而且搭配的都是當紅演員。只是幸福來得太快，接踵而來的是我這個沒料的草包逐漸被拆穿。首先我的聲音一直很小，好像在嘴裡嘟囔，但我的角色要粗獷、大嗓門。於是導演每天把我帶到辦公大樓的頂樓，在一堆發電機、冷氣機之間大聲地吼，吼得聲嘶力竭，吼得我沒有聲音。

　　再來是我的沒自信。拍宣傳照時我的服裝都量身做好了，一切造型也都就位。但是當攝影師要我擺各種符合角色的姿勢或和其他演員互動，我就扭扭捏捏。那個時候偉忠哥就坐在面前，滿臉質疑，雖然他試著用充滿磁性的聲音要我冷靜，但是當偉忠哥要你冷靜，你真的很難冷靜。所以我大爆汗，動作更彆扭了，然後雅妍女神貼心地遞衛生紙給我擦汗，我更覺破表的丟臉，整件戲服都濕了。

　　以上種種都讓製作團隊相當懷疑我當主角的能力，而且最重要的是我根本不會演戲。幾次排戲試戲後，製作人出功課要我回家自主練習一個禮拜，之後驗收再來決定是否讓我出演。我像日劇裡跑業務的主角那樣一直鞠躬拜託，要團隊給我機會我一定努力不懈。

　　一週後來到製作人的家，她拿一場情緒很重的橋段要我試試，

儘管有那麼多時間準備，我演得好膚淺。我就是不會演戲，為了演難過而難過，為了掉淚怎麼也擠不出來。演完，我還假裝擦眼淚，製作人卻婉轉地對我說還是不行，這個角色太重要了，他們覺得我撐不起來，這次可能就不合作了。

我們總會在否定句裡用「可能」來留人餘地，那晚回家路上雖然難過，一部分的我還是覺得「可能」還有機會。這個可能一直沒實現。

《光陰的故事》播出後大紅特紅，演員們的聲勢也跟著水漲船高，我在心裡肯定難受，卻也知道錯過就錯過沒什麼好說。有天我不小心喝多了，在修身面前把那陣子怨天尤人的情緒全發洩出來，他低著頭聽我抱怨，然後淡淡地說：「這行業就是這樣，你就是沒準備好。那個角色讓你去演你一定演不好，不只暴露缺點，搞不好戲都被你拖垮。沒有關係，我們就準備好，機會一直都有，我兒子可以的！」

去年是我出道第十年，好像還是沒有代表作，也或者機會一直來我一直沒準備好。修身到今天還是會老梁賣瓜跟別人稱讚他兒子有多好多好，我好像只能繼續努力，也許有天不用他提，別人也知道他兒子有多好多好。

CHAPTER 4

不管哀愁或美麗，
都會長出生命

有時小牛，還有涼貓———◯

　　2011年我結婚了，和交往十六年的她。交往十六年聽起來相當驚人，基本上是一個從出生到高中的概念。我們是十八歲的時候認識的，那時剛到溫哥華人生地不熟，一群從台灣來的孩子集結起來互相陪伴，到後來只剩我倆整天膩在一起，時間就失去了刻量的意義。

　　修身在我們成長過程總半開玩笑地提醒，這個世界很大，多看看多談幾場戀愛。對於我這種長期抗戰式的交往他又從沒說過什麼，我想他也說不了什麼，兒子和他一樣固執。

　　其實他就說過一次。再早一年我們原本要結婚，她很開心地告知家人，她爸也很開心地準備嫁女兒。我晚幾天告知我的家人，沒想到修身是反對的。反對的理由在於我工作不穩、存款不多，他想幫我也幫不了，因為正在製作的戲很燒錢。

　　她是個善良的女生，非常照顧我，朋友常問在一起這麼久會不會沒有戀愛的感覺，反而像家人。不過就我來說和她交往感覺只有八年左右，因為我們像家人，卻從沒覺得理所當然。又或者一切相處是那麼自然：自然相遇、讀同一所學校、畢業後一起回台

灣、自然而然地決定該結婚了。

那年我們打算先在溫哥華登記，隔年再去辦婚禮，雖然麻煩又花錢，幸虧家人們都能理解。特別飛一趟登記也只是為了讓我們認識的那天成為永遠的紀念日，結婚真會讓人不惜一切的浪漫。

準備出發的那陣子心裡特別不踏實，跟婚禮無關，是我養的那隻貓健康每況愈下。剛開始他會像喉嚨有什麼東西噎著的喘，之後越來越頻繁，幾次往返動物醫院檢查才發現原來牠的肺積水，原因不明，但醫生建議即刻開刀。

我雖然心疼，但婚禮在即財務吃緊，遲遲沒有決定要不要讓牠挨這個刀，眼看就要飛去溫哥華了，他的狀況卻日漸惡化。出發那天牠趴在桌子底下，我也趴著，輕輕摸牠的頭。「涼貓，你等我喔，我去幾天就回來，我們就去開刀喔。」希望牠有聽懂。

涼貓是一隻和我妹一起撿到的貓，與其說撿到，比較像我們的雞婆害牠被拋棄。事情是這樣的，在涼貓出現的幾個月前，大半夜裡我妹房間的窗台傳出很恐怖的聲音，「吱——吱——」的像蟲叫，但是那個音量聽起來又不像一般的小蟲。我倆超害怕，在腦中想像各種變態外星蟲侵略窗台的可能，我妹乾脆把窗戶鎖上。

隔天早上吱吱聲變得虛弱，提著膽子打開窗才發現原來是隻小貓躺在花圃，牠非常虛弱。我們立馬把牠送到動物醫院，小貓被我們忽略一晚嚴重失溫，醫生說他也無可奈何，但可以試試回家弄一盆溫熱水，讓小貓像水獺那樣面朝上，半身浸在水裡。我們立馬飆回家找臉盆放熱水，小心地把牠放上我的手掌，讓牠的身體往下沉到只剩一顆頭浮出水面。牠的眼睛始終緊閉，小小的胸腔在水裡勉強的脈動，間隔卻越來越緩，我就看著牠在我掌上停止呼吸。

還來不及懺悔完的幾週後，窗台又傳出謎之聲，只是這次是一隻大黑貓跟一堆剛出生的小貓。大黑貓看我們的眼神超不屑，可能對她來說我們才是謎之聲，而且是討厭的人類。一天下午她突然一隻隻地把小貓叼走，我跟妹妹像動物星球頻道那樣用各種偽裝觀察，到最後花圃只剩一隻小貓。

下午西曬，大黑貓遲遲不回，眼看小貓就要被曬成貓乾，我不忍地拿個鞋盒幫牠遮陽，我猜就是這個動作讓大黑貓一去不復返。不過因為提早發現，小貓還算健康，我們含辛茹苦把牠養大，取名涼貓。原本想叫梁貓，但梁貓實在普通，後來想說我很愛吃熱狗，乾脆就叫涼貓吧。

修身對涼貓的態度始終保持中立，反倒是我媽常被牠氣個半

死。「野貓的小孩永遠是野貓！」這是我媽經典的罵貓語。我是涼貓在家裡最親的人，很奇怪，我甚至會把牠當成一隻不會說話的兄弟，而這位兄弟也確實參與了我人生中幾次最美的回憶，就像2011年的那個六月。

小牛隊經過輸掉總冠軍，隔年第一輪慘遭淘汰後，並沒有因此一蹶不振，反倒痛定思痛，耐心補強，用全新思維建立球隊風格。終於，我們在2011年再度打進冠軍賽。

當然殺進冠軍賽前也是歷經考驗，包括對上 Kobe 領導的衛冕冠軍湖人隊，以及初生之犢不怕虎的雷霆隊。但怎樣困難都比不上冠軍賽碰上的對手，邁阿密熱火隊。當年冠軍拱手讓給他們後，狹路再度相逢，而且這次他們的陣容很不一樣。

熱火隊在那年成了全民公敵，因為他們同時簽下三位明星球員，這在 NBA 歷史上幾乎沒有發生過，三名正值顛峰的球星同在一隊，對老球迷來說根本是投機取巧。就像如果超人、蝙蝠俠、閃電俠都在同一隊打怪你會想看嗎？好吧，小牛對上的是正義聯盟。

但小牛不是電影裡超厲害的大魔王，我們陣中只有德佬一位球星，其他14位全是稱職的綠葉分工合作、各取所需。所以這比

較像是大衛對戰歌利亞的故事。

　　第一戰我們輸了8分、第二戰我們贏2分、第三戰我們輸2分、第四戰我們贏3分、關鍵第五戰我們足足贏了9分。戰情膠著，但是到此小牛隊三勝二負。

　　七戰四勝制的冠軍賽小牛只剩最後一哩路，如果您還記得，我有一套必勝SOP來面對如此重要的比賽。給您複習一下，比賽前一晚我會穿著小牛球衣睡覺，比賽當天則會將球衣供在沙發上，誰都不許碰。2011年的冠軍賽我還多加了一項作法內容，那就是拿線香薰我的小牛球衣，從前到後、由裡而外。所謂走火入魔也不過如此。

　　第六戰一開始熱火隊主將詹姆斯連進四球，20比11熱火暫時領先。接著小牛隊的手感突然發燙，40比28反而超前比數。但是到第二節熱火隊絕地反攻，42比40扭轉局勢。中場休息，我心跳大概每分鐘180下。

　　第三節開始詹姆斯像中邪般怎麼都投不進，小牛隊趁勝追擊，帶著9分領先進入最後一節比賽。第四節兩隊累癱了，就像兩個拳手在泥沼裡近身搏鬥，不分軒輊，直到德佬在比賽尾聲投進關鍵一球，小牛隊勝利在即。

裁判哨聲吹響，比賽結束，最終小牛隊以 105 比 95 拿下隊史首屆冠軍。

我在家大吼大叫，用全身的力量跳起來放聲尖叫，涼貓也瘋了似的在客廳折返跑。我看他那副傻樣，眼淚停不住，這座冠軍贏得跟我毫無關係，可足足讓我等了十三年。花樣年華獨有的浪漫，淚流滿面的真誠，涼貓看我這副傻樣，不知道是不是也會感動？

我的貓，我的好兄弟在同一年離開了我。

抵達溫哥華的第一天我打回家報平安，我妹說涼貓狀況挺好，剛餵牠吃飯，幾乎把整碗吃完。幾天後我們起了大早，在親人見證下完成登記，我成了人夫。十八歲的我第一次來她家，在幾乎同樣的地方第一次見到她的父母，而此時我站在相同位置，簽下姓名宣示對她的愛。十幾年來的美麗與哀愁在我眼前一掃而過，時間又再度失去了重量，我像是一瞬之間長大成人，多了幾分責任，幾分身為男人該有的沉穩。

溫哥華的夜晚是台灣的清晨，媽媽特地打來分享喜悅。電話的最後她卻突然結巴，說有件事要我別想太多，大喜之日只能開心，但她不想再瞞我了。

「梁正群我跟你說喔，涼貓在你飛的那一天就走了，我們都沒說你一定知道爲什麼。別擔心，爸爸都幫忙聯絡處理好，而且爸爸一路盯著，你放心。」

一直很欣賞天蠍座媽媽的直來直往，但心裡總希望她能晚幾天再說。我的心在同一天綻放、碎裂。

修身說涼貓最後被送到淺水灣海葬，對於一隻野貓的孩子這樣離開也是無比浪漫。我是個回家會跟貓聊天的人，從那之後，我跟誰都不大說自己的事。也許正在讀這段文字的你覺得誇張，但涼貓是我拿奶瓶一口口地餵、教牠怎麼用貓砂、每天幫牠清跳蚤和沙盆。而且阻止牠開刀的也是我，什麼痛都是自找的。

隔年我和她照計畫辦婚禮，我們挑在溫哥華西邊，一個靠海的地方舉行戶外婚禮，幾乎所有至親好友都飛來。再隔年，我們就分開了。

冰島

開了一個鐘頭，一百多公里的杳無人煙，我把車停在一處有小山的休息區。說是小山倒不如說是一堆土，高度不到一層樓，在一片平原中隆起。我站上去環視四周，遠望幾公里外還是不見人影，像刀子切下的風聲時而在耳旁咆嘯，我好像被徹底遺忘在這個世界。深吸一口氣，很想大叫些什麼，又怕打壞人生難得的寂靜。

我撿起各式大小的石頭，疊起高到小腿肚的石塔，聽說這樣做能祈求旅途平安。公路上隨處可見這樣高高低低的人造奇景，像某種宗教儀式沿途陪著落單的旅人。

正要離開前終於有台車停下來，是一家人，小孩開了門就往外衝，學我疊石頭。小孩的爸媽問我從哪來？又往哪裡去？原來他們環島的方向與我正巧相反，我的開始是他們的結束。花點時間交換資訊，花更多時間解釋 Taiwan 和 Thailand 差了十萬八千里，我們在露營椅上稍事休息。金髮碧眼的孩子在眼前嬉鬧，他們身後是一片寂景。

「你不覺得能在這樣的地方相遇是很美好的嗎？」

「我也這麼覺得。」

許久，爸爸和我握手道別，吆喝孩子上車。我們倆台車一個往左、一個往右，開往下段旅程。

到後來我已經懶得數日子了，一個人的旅行開始很孤單，久了也學會孤單，學會一路上自問自答。人是依賴慣性的動物，記著每天數日子好像也沒什麼特別意義。我當然也想要個旅伴，一起渡過近二十四小時的飛行，然後當我的副駕，一天幾百公里的製造回憶。車上音樂讓她選，但最好不要是陳奕迅，每天吃什麼也讓她決定，我知道她最愛吃海鮮料理。

我會假裝她的名字叫 S，牽著她站在令人窒息的冰原美景前，然後用很真誠的口吻對她說，「我真的很愛妳，我曾經真的很愛妳。」

我乾脆不去數這是第幾天了，挑了一個人煙稀少的時節來冰島，往往開上兩三個小時都碰不到另一台車。這是 2012 年，距離 Ben Stiller 的《白日夢冒險王》上映還有一年，所以還沒有太多人帶著滑板來尋找隱藏心裡的小文青。

我的朋友喜麗比我更早來，因為家裡發生一些事，她毅然決然

地飛來，在一片超現實的風景找到放下的勇氣。後來輪到我想逃離現實，換成她給我勇氣 （和旅遊資訊） 。我在10月2日訂票，10月4日啟程。

這是我第一次單獨旅行，撇開可見的文明，冰島就像是存在另一個地球，在那個世界裡，時間和距離只是無謂的數字，我只需專心感受我身體的感動。

愛情真是會讓人傷透了心，而且只有真正傷過的人才不會覺得剛剛那句話很俗氣。Beck 和交往九年的未婚妻分手後，寫下《Sea Change》這張專輯，而這張專輯也成為這趟旅行的配樂，在我租來的小汽車裡像一位心靈旅伴哼著歌，一種天涯淪落人的安慰。

我常在公路上沒有目的開著，開到天色昏暗，車燈勉強照亮前方不遠的距離，不知道下一秒在光束的盡頭還藏些什麼。有時我會搖下窗，腦子裡反覆哼唱某個旋律，月色灑落，枝影隨著車身劃過，不情願地晃著，耳邊只聽得見引擎及遙遠的海浪，我把手伸出車外，手指回應哼唱的節奏打拍子，接近零度的風刮著我的臉，但我不以為意。

從 Reykjavík 出發一路向南，沿途風景的不可思議就把我弄哭

好幾回，又或許我太敏感。最南方的小鎮 Vík 有著名的黑沙灘及 Puffin Hotel （現已易主），在制高點所建的紅屋頂教堂守護著整個小鎮和大西洋上的漂泊。往東走的路上有大大小小的瀑布，尤其 Skógafoss 絕對不能錯過。Höfn 是個適合過夜的地方，找對位置坐下來還能看到遠處的山脈同時有三座冰川，像外星人的手指拔山倒樹而來。

這晚我找到一間簡陋木屋住宿，屋主是個不大會英文的老人，滿頭白髮、一臉大鬍子，圓凸凸的肚子好像在淡季兼差做服務業的聖誕老人。木屋裡沒有電視沒有 Wifi，只有一張軍床和一張鑄鐵做的桌子，聖誕老人讓極簡風完美呈現。

如果這趟旅行要和心中的混亂握手言和，這個晚上我有好多時間反省。跟自己交涉的好處是不用拐彎抹角，有什麼說什麼，所以我說，「誒，你到底做錯什麼了？」

沒有回應。

我開始後悔剛才買晚餐怎麼沒多買兩瓶酒，原來連面對自己我還是不夠乾脆，還是說我根本沒錯？還是說一切都是我的錯？我又再問了，「誒，你到底做錯了什麼？」

還是沒有回應，但我想起那個夜晚。

那晚我快半夜才走進熟悉又陌生的家，那個曾是我和她的家，在那之前我已經離開快一個月。選擇離開是想逼自己思考，在一個自我封閉的狀態也許能聽見我對這段關係的真心話。那晚我就是想回去告訴她我不知道接下來該怎麼辦，但我走不下去了。

她情緒激動，在震怒、爭執、悲傷的情緒裡不停轉換，而我自以為耐著脾氣地好說歹說，想想只是殘酷。不知過了多久她轉為沉默，面對我持續的好說歹說她選擇不再看我，於是我也安靜了。窗外傳來預告天亮的鳥叫聲，我想該是時候先劃個休止符，就在我開門離開的那一刻，她用非常平淡的語氣對我說了一句話。

我慌了，這一切都不在我的預想裡，因為今晚踏進門前我只想誠實面對。我的背都是汗，我的聲音高八度，不管我怎麼說怎麼氣急敗壞，她只是靜靜地重複那句話。

於是我的理智線斷了，拋下幾句不合邏輯的話走向廚房，我拉開櫥櫃，拿出一把刀就往手腕劃，直到見著一片紅才癱軟地上。

她走來廚房看我癱軟一地，對我破口大罵，然後崩潰痛哭，我更是失去理智，猛烈捶牆直到我的手再也無法負荷，在廚房一片的荒謬裡，我們從沒這麼悲傷。

　　十月初的冰島已接近冬季，天氣很不穩定，常常前一小時還出太陽，後一小時狂風暴雪。隔天早上的計畫是翻過山頭到一個很美的內灣小鎮叫 Seyðisfjörður，我是在飛機上旅遊雜誌看到的。小鎮房子不多，五顏六色，而且都是那種甜甜的糖果色。

　　把鑰匙還給老人，他吃力地提醒我山上天氣不穩，開車要隨時注意，站在毛毛細雨中的我不以為意。「出門在外一切平安，別讓父母擔心。」「一切都好，勿擔心。」修身捎來越洋關懷，我制式回應。

　　離開 Egilsstaðir 市中心往山上走，雨勢越來越大，我突然煩躁起來。越往山走，估狗地圖越找不到自己，沿途照樣連一台車也沒有，於是腦袋浮起各種最糟的可能性。正當我猶豫是否該掉頭，雨停了，取而代之的是一點一點白色的碎屑，像是有人拿不定主意該撒多少糖霜，回過神我已經被滿滿的白雪包圍。

　　我是進入鏡像世界了吧？一個如夢似幻的世界讓心跳也緩了，時間被拉得長長的，搭著慢板的心跳左顧右盼，我也想找個角落

靜靜的待著，物換星移，永遠的待在這。

　　但就在一瞬間我被暴力抽離這場美夢，下坡的路就在前方，上頭是一層結冰，我的車子開始失控，煞車失去作用，我發現路的一旁就是陡斜峭壁。我緊抓隨著路面震動的方向盤，腳死命地踩，眼看連人帶車就要墜入山谷。然後車停住了，我呆滯地喘息。小心翼翼地打開車門發現一半的前輪懸在空中，就差那麼一點我就要用另一種方式和內灣小鎮見面。

　　我們總說臨死前會看見人生走馬燈，但我沒有，在車子幾乎衝出路面的那一刻，我只想到爸媽的臉。風雪未停，車內溫度驟降，我看著照後鏡裡沒有人影，看著環繞我的一片白雪，我從來沒有覺得那麼孤單。淚水積著過去半年的哀與怨，順著酸酸的鼻頭宣洩。

　　我還是沒有在數這是第幾天，連著幾日的冰天雪地已讓我失去時間及方向，我想我大概還困在北方的山裡。又是一場風雪、又是一次精神緊繃，到後來只剩絕望，好想就把車停下來讓大風大雪掩埋，明天太陽升起是否無恙並不重要。

　　兩個鐘頭的意志消磨，風雪逐漸趨緩，兩旁比鄰相齊的山脈像說好的一樣，慢慢失去高度，我終於開出來了。映入眼前的是一

大片泛白的平原，遠到我看不著邊。我看照後鏡，方才迷惑我的群山依舊籠罩著一股灰黑，顯得特別邪惡，我感覺輕鬆，彷彿奇幻電影裡主角必經的修羅道終於被我甩得遠遠的。

　　我關上音樂，專心仔細地享受難得的一望無際，我可能不小心闖入另一個迷幻世界，或者此刻是電影主角必須誠心懺悔的時候。「誒，我再問你一次，你到底做錯了什麼？」輪胎擠壓覆在柏油上的冰雪前行，我依舊沒有聽到回應。會不會這趟旅程就像我生命裡的每一次決定，就是順著心意做，順著時針的刻度滴答地走，直到停滯的時刻。想到這，雪又降下來了。

　　細雪像棉絮般擾人的散落，像台北五月的雨讓人煩躁。我開到一處斜彎，忽然一陣風像掀起窗簾那樣吹散眼前的雪，一群麋鹿就這樣出現我眼前，大約30多隻。一群活生生的鹿就聚在路旁，各顧各的活著。

　　顧不了車外零下的溫度，我走下車，走到那群鹿的面前，他們沒有散開，反倒把目光全注視在我身上。離我最近的那隻鹿對我點點頭，我感覺心裡有好多話想告訴牠。鹿看著我，偌大的眼睛好似看穿我的一切，也有可能我已經開始失溫。

　　不知哪來的叫聲驚動這群鹿，就像帶他們來的那陣風，一溜煙

的全在我眼前散了。我坐回車裡,將暖氣開到最大,顫抖的手勉強滑開手機行事曆,算算這天是我到冰島的第十天。

　我想我該回家了。

放逐不放浪————

　　我很喜歡「放逐」的英文 Exile，五個字母簡潔有力卻又填滿想像。當然 Exile 這個字很多日粉會想到的是「放浪兄弟」，雖然就翻譯上來說並不是那麼準確，但「放逐兄弟」聽起來比較像一首消極的藍調，可能是迪克牛仔或動力火車的新單曲，講的是兄弟們同時愛上一個女人的故事。

　　Exile 正確來說應該是具法律效力的被禁止、驅逐或囚禁在某個遙遠的地方，最好的例子是拿破崙慘遭滑鐵盧後，被英國政府流放到非洲西南方的聖海倫納島。雖然不是第一次被流放島上，但他應該怎麼也沒想到最後會病死他鄉。不過也因為時間太多，他認真寫了一本關於凱薩的書，也把英文練到能讀英文報紙的程度，怎麼聽起來還是有點勵志？

　　所以 Exile 這個字有好幾種解讀，最高級應該就是所謂的自我放逐。自我放逐就像第一次去做醫美，試了才知道有沒有效。我的偶像德佬就曾自我放逐。在經歷連續兩年季後賽的羞辱後，他只想找個沒人認識他的地方放空，於是他找了對他如父親般的恩師 Holger Geschwinder 飛去澳洲。

他們從雪梨出發，租了一台四輪傳動吉普車橫越內陸沙漠，累了就紮營，醒了就漫無目的開下去。那段期間德佬不剪髮、不剃鬍，晚上大口喝威士忌，在營火旁彈吉他，就像回到大學野營那樣把身心還給大地。事實上他們這段放逐的路線，正巧與澳洲原住民在成年時必須行走的心靈之旅雷同，原住民不認爲時間是線性的，對他們來說人活在一個像夢的時光裡（Dreamtime），過去現在和未來同時存在。

　　而德佬和恩師也這樣忘了時間，在不停的交談與陪伴裡找回初衷。

　　從冰島回來後我整個人輕鬆許多，原本沉重的腦袋變得像保麗龍那樣輕飄飄。說不出這趟旅程確切給了我什麼，至少心頭上梗著的結是打開了。這輩子很多麻煩是自找，或是超出我們能控制的，也許每天能對得起自己就好。這道理聽起來像常識，但不靠自己想開還眞無法接受。

　　所謂當局者迷，當我不再迷惑，接下來要應付的是親朋好友心中的疑惑。一言以蔽之，他們想知道爲什麼在一起那麼久還會離婚？親友們通常分爲三類：第一種是想知道但不好意思問；第二種是不想知道因爲不好意思問；第三種是直接判定我偷吃被抓到而不用問。

其實困擾我的不是該怎麼解釋，是該不該解釋。分手或離婚往往不只單一原因，偷吃被抓也是有被原諒的案例，而且就算我把分開的理由條列式做成 Powerpoint 簡報，那又怎樣？

　　記得當離婚消息曝光，記者開始打來，我不知所措。不管結婚離婚我從沒對外發任何新聞，除了想保留一些自己的空間，更覺得沒有向任何人說明的必要。可電話一直響，敵人都攻到城門外了，我只想到打給修身求救。

　　電話裡我又慌又忙又口吃地說明正在面對的窘境，我不想也不知道該怎麼跟這些人解釋。「對啊，我們就是離婚啦！怎麼辦呢？還想知道什麼嗎？知道原因就可以交差了事嗎？」我把怒氣發在那通電話裡。修身要我冷靜，這種時候任何情緒都沒有幫助，他要我別接電話也別關機，等記者打給他，他會給個說法。

　　結束對話我的呼吸順多了，但恐慌隨即而來，我無法預測愛講大道理的修身會給什麼說法？那種感覺就像結婚典禮上邀長官致詞，長官拿起麥克風說他簡短說幾句就好，然後一發不可收拾的第二道拼盤都上了還不肯放手。

　　第二天新聞出來。修身的說法只有簡單七字，「相愛容易相處難。」

前些時間才到小日子雜誌的冠吟社長家作客，我和社長的先生威哥一見如故，幾杯黃湯下肚，聊起對於七言絕句的讚嘆不絕口，短短七字竟能塞進無限可能。譬如「朝辭白帝彩雲間，千里江陵一日還。」李白用十四個字將一天行程交代完畢，然後下一句用猴子的叫聲塞滿讀者的耳朵和情感。最後一句「輕舟已過萬重山」讓讀者自行填滿一葉輕舟之於廣大山河的無窮想像。我和威哥只差沒有拍手叫好。

修身的七言絕句雖然直白，卻留給讀者空間各自解讀，有一種好像說了但又什麼都沒說的魔力。

威哥是個很酷的爸爸，在管教孩子時的嚴厲和 chill 間有一條很清楚的線，而且那條線是橡皮筋做的延展性超強，所以他在孩子面前很自在，而且總維持著一段舒服又有威嚴的距離，我真心羨慕。

同樣讓我羨慕的還有吳定謙和他的爸爸吳 sir。他們父子碰在一起時像兄弟，開玩笑吐槽什麼都來，可分開時又會在言談間透露對彼此的放不下心。就像那次吳 sir 在演出後台把我叫去，請我多關心最近過得不太好的兒子。還有那次定謙在餐酒館一臉酷酷地描述爸爸在家裡滑倒受傷，但眼神裡的焦慮騙不了人。

我和修身的隔閡始終推不開，就算離婚這麼大件事也推不開，所以當事情發生時我沒跟他說，後來他知道了也只是在某天下午打來，開口說著勉勵人心的大道理，然後我就崩潰，告訴他我需要他的聲音，但不需要他的道理。我痛徹心扉地哭，修身在另一頭無語，直到我稍微緩點他才說：「好了，沒事的，自己多保重。」

　　我好像比想像的需要父親。

　　我的自我放逐之旅直到回台灣的一個月後才正式結束。那天我和她說好，趁她上班時我回以前住的地方把我的東西搬走，我找定謙一起幫忙。幾個月沒回去，我只顧著被情緒淹沒，呆站著，什麼也做不了。細膩的定謙看出我的沒用，很認真地打包所有我要帶走的。我在那個家有自己的房間，裡頭是我的書、我的音樂、我的電腦和樂器，定謙打包的東西後來一大部分都被我丟了。

　　幾個小時後我們把最後幾包物品搬上車，定謙從口袋拿出菸，也給我一根，他讓我先點火。我把打火機還他，才吸一口就忍不住又哭了。我想到和她辛苦找到那間房子，想到她爸開心地說要幫我們付貸款，想到我們吃飽會在附近散步，想到那攤常去的小吃，想到看完演唱會的不歡而散，想到我帶著三件衣服離家出走，然後想到那天我們的自我毀滅。

定謙耐心站在車旁等我發洩，我一直道歉，他也沒多說什麼，接著陪我去回收廠，與我十八歲之後的人生道別。

從今以後我的人生是一篇又一篇的散文，沒有章節，沒有前後呼應，更沒有藏在文法句型裡隱晦的寓意。我只需要將每一篇寫得滿滿的，讓我的過去、現在、未來同時存在，像一場夢的時光，不管哀愁或美麗都會在那長出生命。

德佬和恩師橫跨沙漠後回到了雪梨，在那裡他們重整旗鼓前往大堡礁，在海上遊蕩了整整三天。之後他們又飛到紐西蘭野行，看了間歇泉，也看了在一座火山旁美麗的海灘。這樣還不夠，他們接著飛到大溪地，在當地租了一間房子，每天就是睡覺、游泳、在海邊打盹。最後他們又回到澳洲北部，登遍群山美景。

幾年後恩師接受訪問，他說德佬自我放逐的那段時間感受最深的，就是一天日子有多長，尤其露營的時候得靠日出日落才知道什麼時候該起床，什麼時候該休息。自然主宰一切，再怎麼勉強也沒用。

我讓自己放逐的那段時間每天日子也是好長，冗長到我乾脆用酒精催眠，期望時間能走快一點。

我始終沒有完整的跟任何人解釋離婚的原因，歷經幾個月的腦內革命後，連我都不確定真正的理由是什麼。後來只要有人問，我都會說那是一連串的複雜產生的結果，但我承認是我先發難的。就有那麼一天，我突然覺得那間我們生活的房子讓我窒息，也是那一天我隨便拿幾件衣服就搬出去了。那以後我們之間又發生一些事，有我的錯，有她的錯，直到無法挽回。大概就是這樣。

　　「人活著就是一種折磨，要活下來就要在折磨裡找到一點意義。」尼采如果能早點告訴我，也許我會活得更灑脫。

CHAPTER 5

我想記住
我們最好的樣子

金澤馬拉松 ⟋

　　1904 年的奧運是首次改用金牌頒發給冠軍選手，在那之前冠軍拿得是銀牌、亞軍銅牌、季軍沒有牌。1904 年的奧運也是首次在歐洲以外的地方舉行，地點在美國的聖路易，問題是這座城市在美國中部，那個年代交通不便連汽車都沒幾台，最後只有十二個國家參賽。

　　回顧那次克難的奧運會史，最荒謬的應該是馬拉松比賽，首先選手跑的路線是一條人車共用的黃土路，沿途補給水的地方也只有一站，因爲當時奧運主席認爲刻意缺水反而會讓選手跑得更好。開賽後更是不可思議到一個極致，三十二位參賽者裡只有十四位完賽，其中來自南非的 Len Tau 中途被野狗追離賽道一公里多，還是拿到第九名。

　　還有從古巴來參賽的郵差先生 Andarin Carvajal 在旅程中就把錢花光了，比賽當天他只剩身上穿的正式服裝，而且已經四十小時沒吃飯。這都不打緊，郵差先生索性把褲子剪成短褲，將比賽進行到底，但才跑一半他就餓壞。於是他折返到一處蘋果園，卻不知摘的蘋果都是壞的，郵差先生肚子痛倒在地然後就這麼睡著。一段時間醒來，他繼續比賽，最後拿下第四名。

最誇張的是拿第一名的美國選手 Thomas Hicks 從比賽開始就遙遙領先，也許是衝得太快，跑沒多久就幾乎用盡氣力。教練見狀說什麼也不讓他停下來，後來乾脆給他喝混有少量老鼠藥的白蘭地提神，有點像是當年流行的保力達 B。總之 Thomas 開始產生幻覺，在一個混沌的精神狀態下完成比賽。據報導他這樣跑一趟掉了 3 公斤，就算後來被醫護人員抬走時腳還是不停的在跑。

那次我在金澤的大雨中跑馬拉松，想到這段黑歷史，那是我第一次完整地跑 42 公里。我從未跑超過 13 公里，一下子越級打怪，親友們無不對我投以佩服 （同情） 的眼光。會那麼衝動也是受到我妹感召，她在那一年的年初將初馬獻給東京，當她充滿元氣的跑向最後一公里時，在現場加油的我被一股熱血衝腦，回台馬上報名我的初馬。

42 公里是一段很長的距離 （本書最廢的一句話），對我來說沿途景色多變才不至於無聊，跑步已經夠寂寞了。東京馬的路線橫跨多個知名景點，而且沿途有各種表演應援，跑完一趟像參加一場嘉年華會。反觀大阪馬的路線幾乎在市中心，沿途高樓大廈一成不變，那我還不如在台北跑。

金澤有小京都之稱，沿路風景自然不在話下，更有趣的是主辦單位沿途提供的補給相當豐富，從前菜到甜點一樣不缺。首先是

能登特產的假蟹肉和天婦羅，下一站則有百萬石提供的和菓子開胃，再來就是本次路跑重點，金澤著名的 Gorilla 豬排咖哩，完賽前附上的獎勵是六種石川特有甜點配上冰咖啡。本人一樣沒少吃。

比賽前一晚，我在粉專寫了這樣一段話：

再過幾小時，我人生的第一場馬拉松就要起跑，說起來也夠瘋，最長也才跑過13公里且是邊走邊跑的我竟要一口氣挑戰42公里，到此刻仍覺得不可思議。這都是有原因的，今年初我妹挑戰人生首場馬拉松成功，到場加油的我在接近終點處看她遠遠跑來，那樣感動的渲染讓一切變得合理。「馬拉松好像沒有這麼難嘛？」我告訴自己。

於是我報名了金澤馬拉松，於是我開始試著練習，於是獅子座的三分鐘熱度失溫。當然中間一度因為加入台語八點檔讓我順理成章的不再練習，甚至因為 on 檔時間漫長經紀公司勸我退賽。不過人算不如天算，台八的工作並沒有持續，幸好也還沒取消旅館機票。多虧那段時間的荒廢讓我又有新的動力練習，也參加了兩場小型比賽。我不知道明天跑不跑得完，但我的心情是正向的。

是啊，還在跑馬熱頭上突然接到獲得台語八點檔的演出邀約，記得那天是在101附近的天橋上接到電話，經紀人說製作單位想找我去演一個角色，而且半個鐘頭內要給對方答覆。天生愛慌張的我果然不負眾望四處打電話尋求支援，那時求的就是只要有一個人，任何一個人勸我別去演，我就有十足的理由拒絕。

我從沒想過接演台語八點檔，一方面我台語很差，一方面那樣每天高壓力的工作環境對演員是極大消耗，好處是能在短時間內賺到一筆不錯的收入。最後大家都是用這點來說服我的，包括我的演員朋友和我的修身。經紀人下的註解最好，她說：「演員要走的長久，你得先把自己餵飽，而且台八也是一種表演形式，如果你當自己是專業演員不應該排斥才對。」

把自己餵飽真的很重要，尤其離婚後的工作運一直不好，如果您現在打開我的維基百科會發現我在2013年只拍了一部戲，接著幾年看似接了不少工作，但都只是客串，甚至一度絕望地認為我在演藝圈的定位只剩跑跑龍套。

這段時間的我是從低迷中更往下沉，我親愛的小牛隊則是從冠軍的高點重重摔落。通常奪冠的球隊在第二年還是會全力以赴，尋求衛冕，可小牛隊的老闆決定打破重練，讓許多勞苦功高的球員出走他隊。他用省下來的錢去追尋更有名的明星球員，那種感

覺就好像電視常演的老公在老婆無怨無悔的支持下功成名就，結果遇到更美更年輕的模特兒女神鬼迷心竅，然後就把老婆給甩了。

　　男人可能都是這樣，但一支職業球隊不該如此意氣用事，難道小牛隊老闆不知道通常故事最後，老公生意失敗、模特兒女神跟人家跑了，這才發現曾經擁有的是多麼美好。

　　果然，2012年後幾乎每個球季小牛隊老闆年年捧大錢追大牌，又年年被大牌拒絕。球隊的成員來來去去，很多還來不及認識就又被交易出去，唯一沒變的只有德佬。那時他已經往40歲邁進，長年累月的耗損讓他身體的機動性大不如前，有時甚至連走路都是困難。

　　德佬始終不離不棄，而我這個自稱腦粉的人卻選擇不看、不聽、不會生氣。

　　修身很識相地不再和我提小牛隊，基本上連籃球的話題都不說了，我們之間只剩工作可以談上幾句。那時我已經做演員多年，不再是什麼都搞不懂的菜鳥，而修身是製作人，又是圈子的老前輩，我們對於同一件事的觀點是完全不同。

舉個最簡單的例子，通常在外地拍戲交通是個問題，某位演員一旦完成當日拍攝，劇組就會幫忙接送離開現場。今天如果這位演員是修身，他一收工劇組絕對馬上派車送他回去休息，不過如果是我，劇組可能不會馬上接送，可能還需要等其他演員收工一起行動，節省車程。我不認爲這是什麼大小眼，這是拍戲該有的倫理和互相體諒。

　　像這樣的事修身無法理解，他會認爲我該跟劇組要求，甚至怪我太被動，不懂得爭取權益。有天我們就這樣在餐廳槓上了，地點在北村導演開的餐廳，店裡的客人很多是娛樂產業，但那天我不管在場有誰，就是氣急敗壞地跟修身大小聲。

　　好像也是類似的問題吧，他覺得爲什麼他可以做到的我做不到，我說那是因爲大家看他的高度和看我的大不相同，於是我越說越氣，越說越不遮掩。我用力拍桌子，好像眼前是個仇家，新仇舊恨在那頓晚餐怎麼也得討回來。我總跟朋友開玩笑說自己是個假獅子座，不愛爭吵不愛搶風頭，但那天晚上我討人厭的本性大放光芒。

　　忘了最後是怎麼收拾的，那天媽媽也在，所以可能是她當和事佬。也有可能後來北村導演出現，用他招牌笑容帶動全場歡樂。不管怎樣，那晚回家後的懊悔我記得一清二楚。

金澤馬拉松當天雨下得非常大，雖然出發前就知道，但我還是沒穿雨衣。我這沒經驗的跑者一股腦的只擔心穿雨衣跑無法散熱，卻沒想到全身濕透的後果是在金澤街道上差點失溫。那天大概只有 10 度，即便從頭吃到尾，食物的熱量也無法負擔我的不自量力，我在冰冷的雨水裡跑了六個小時，分不出臉上是汗水淚水還是雨水。

幸虧朋友 Ted 和 Yu 特地飛來幫我加油，如果沒有他們我可能一輩子都離不開終點休息區，完賽後我的四肢幾乎使不上力，光是脫下濕透的衣物就花了快半個鐘頭。Ted 特地找一家高級燒肉店讓我補充能量，我用盡最後力氣和他們倆談笑風生，再回到旅館我就癱了。

昏倒前我打給人在台灣的小寶，告訴她我要睡了，一切平安，她嘻嘻哈哈地回了幾句沒有意義的話。小寶是我那時的女友，也是現在的太太。小寶是我的光。

會認識她完全出乎意料，她的姊夫是我多年好友 Bryan，某天 Bryan 找我幫忙挑婚戒，到店裡才知道他也找小寶一起來試戒指尺寸，想說姐妹的手指大小應該差不多。據小寶日後與眾人誇張的說法，那天我第一眼看到她的眼神是藏不住的驚為天人，驚到她都懷疑自己有那麼正嗎？射手座的人總是浮誇。

但也因為她奔放的個性，對比當時在黑暗裡的我來說是種釋放，更甚者是種救贖，好像讓我明白人原來也可以如此自在地活著。當然兩個火象星座只要吵起來是馬景濤式的狂烈，不過風平浪靜後，她的存在又讓我的心安穩，好像只要有她的地方我再也不用害怕。

那晚在餐廳暴走後，連著幾天很不好受，小寶知道我煩惱，眼睛緊盯著電視對我說：「你爸就是擔心你，只是他不知道怎麼跟孩子好好說話，你自己想想啊。」語畢，她又回到韓劇的世界裡。射手座說話的跳常讓我受不了，但有時他們說話又能稀鬆平常地正中紅心。

我想到離婚後的那一年我都在生病，不只消瘦的不成人形，還一天到晚發燒。一位醫生說我得了腸病毒，另一位醫生說我得了恙蟲病，古人相見會互道「別來無恙」，白話就是「還好吧？最近身上沒有恙蟲吧？」現代的我用身體實證中國文字的奧秘。

那段時間我在拍修身製作的戲，主景在彰化，他硬要我倆同睡一房，當然不想跟爸爸睡是一回事，另一方面我更怕傳染給他（恙蟲的部分）。有天醒來我又發燒，但班表上我剛好整天都有戲，身為製作人的兒子不想耽誤進度又讓人誤會耍特權，我硬著頭皮上工直到傍晚。好加在拍攝地點就在醫院旁，我趁中間空

班偷偷去打點滴，然後回現場繼續工作。

修身當晚知道後把我唸到臭頭，但我虛弱的連撐著眼皮的力氣都沒有。第二天醒來修身早已上工，桌上放滿一袋 7-11 的食物，有各種涼麵、壽司、麻婆豆腐飯及很甜很甜的鳳梨罐頭，餵飽十個人都綽綽有餘。袋子旁有張字條，上頭用紅筆寫著幾個大字，「生病多吃水果，才有抵抗力。」

我笑了，很甜很甜的鳳梨罐頭應該只會給我糖尿病，但我知道他想說的比這袋食物還多更多。我用整天的時間把一整袋的食物吃完，除了鳳梨罐頭。修身收工回房看到空袋子，心滿意足，手裡又提著一袋 7-11 的食物。修身的愛永遠不會顯露在言語上，他只懂得用熟悉的方式默默地愛，這道理一旦懂了，好像也不需要每次跟他生氣。

但真的好難。

爺爺走了 ————✎

　　那是一個很普通的早晨，爺爺在固定的時間去固定的商店買固定的報紙，但這天一翻開他赫然看見他的孫子被打趴地上的照片，顧不得標題寫什麼他趕緊打給我，老淚縱橫。「小群啊，你怎麼會被打成這樣啊？」「不是啦老爺，那是拍戲，我拍爸爸的戲啊你記得嗎？我被人家打都是假的，都是在演戲啦。」

　　同樣狀況也發生在堂妹去探望老人家的時候，爺爺看堂妹穿一條膝蓋破兩個大洞的牛仔褲，再度老淚縱橫。「孫女啊，妳怎麼連褲子都買不起啊？」「不是啦老爺，這是流行，是故意破的。」

　　爺爺越老，變得越是感性，很容易自己說著說著就哭了。他的記性也變差，兩分鐘前才說的事轉頭就忘，同個問題問三遍也還是記不住，可陳年往事一件都沒忘。這麼多年唯一沒變的就是喝酒，每天都得喝，這輩子箍在自己身上的枷鎖，好像隨著年紀更是緊縛。喝酒已經不是逃避，而是一種藉口，就像板塊推擠後累積的能量，每隔一段時間我們就得陷入震央。

　　我永遠記得高中的某個暑假他突發奇想，要我每早跟他去散步，要知道老人的早起是年輕人的還沒睡，我痛苦萬分。那段時

間我凌晨四點就得去爺爺家報到，然後他會領著我還有秋田犬多米在黑暗中走著。多米永遠走在前頭顧我們，爺爺走中間，我慵懶地殿後。我們像一隊雜牌軍在新店的山裡遊行，途中經過一大片墓地，爺爺神色自若，我膽戰心驚告訴自己千萬別唸墓碑上的名字。有時爺爺索性在墓園裡休息，和多米輪流伸展筋骨，幾次之後我也不怕了，跟著他們在那裡做揮棒練習（我也不懂）。他真的很有趣、很古怪、喝了酒讓我很生氣，但我真的很愛爺爺。

那是一個很普通的早晨，爺爺在固定的時間去固定的商店買固定的報紙，但這天他一回家，說了句「我要昏倒了」，然後再也沒有醒來。

大約一個月的時間爺爺躺在病床上動也不動，身上插著大小管子，家人們輪流進加護病房陪他說話，除了我。雖然醫生要我們抱持樂觀的心，在我心裡爺爺早已離開，所以我非常抗拒進去看他，甚至可以說是一種駝鳥心態、粉飾太平，也許這樣我心裡會留著爺爺最好的樣子。

修身倒是對我這樣不孝的行為沒多說什麼，我想他也有太多心裡的情緒要處理，但他始終是樂觀的。每回進病房就算隔著兩道門還是能聽見他宏亮的聲音，就像以前去探望老人家那樣報告一天的大小事，出來還會跟我們分享剛才說到什麼什麼的時候，爺

爺的手指動了一下，要我們千萬別放棄。

有天傍晚媽媽突然傳訊給我，她說：「晚上沒事去看你爺爺吧，見一次少一次。」這段話我讀了好幾遍，好像某種敗戰宣言，家人們努力那麼久終究是白費力氣，而我竟然什麼都沒做。

晚上，修身領著我進加護病房，在去醫院的路上我已經大概想好要跟爺爺說什麼。我會先跟他道歉，講述沒來看他的理由，然後請他好好休息不要掛念。但實際上當我靠近病床，看見他那張已經僵硬變形的臉，我什麼話都說不出來，只是一直哭，像個做錯事的孩子一直低頭哭。修身問我要不要跟爺爺說說話，摸摸他。我用力地搖頭，還是一直哭。

我那時候好想一把抱住修身，像小時候那樣在他懷裡盡情宣洩，但我沒有動，他也沒有。我們倆只是杵在病床兩側沉默地陪伴，只留機器運轉的聲音和爺爺不由自主的喘息。

爺爺第一次回老家碰到的氣，讓他唸了一輩子，每次喝多就會拿出來說，要我們給他一個說法。那年他好不容易回到大梁莊，離開家大半輩子，老家是面目全非，連所屬的省份都不一樣了。他到一個類似區公所的地方打聽親人的下落，沒想到一個比修身還年輕的公務員劈頭就問：「老先生，當初你怎麼就跟國民黨走

啊？」剛烈的爺爺聽了馬上一陣火，「你幾歲啊？你問我這個問題？中日戰爭的時候你出生了嗎？我爲什麼跟國民黨走？你說這什麼話啊？」

十幾年後只要喝多了，爺爺總會把過程講一遍，講到面紅而赤。「你們評評理啊！他說那什麼話？我爲什麼跟國民黨走？他懂個屁啊？」也許他一直覺得忿忿不平，命運殘酷地將他丟在一座小島上，一待就是六十年，終其一生。

在病房躺了一個多月，爺爺因爲器官衰竭宣告不治。接到通知已經是凌晨，等我趕到醫院大家都到了，可是心已經不知道飄哪去。那段時間的記憶在我腦裡只剩幻燈片般的破碎閃過，但關於那天晚上和之後發生的事，我有寫一封信給已在天國的爺爺。

親愛的爺爺：

我知道，這輩子我從沒這樣叫過你，但我倒覺得在這個時候挺合適。這幾天我常在想我們最後一次說話是什麼時候？我們又說了什麼？我腦裡總沒個確切答案。通常我們的對話不會超過三句，你會說這個月給老兵的薪餉下來了，要請我吃飯。我會說你孫子賺的比你多，應該我請你。然後你會大笑、搖著頭，然後說起往事。

往事，這些年你重覆又重覆的說了好多往事，令你生氣的、懊悔的、焦慮的，你說了又說，說了又說。往事化成沈重的負擔，壓在每個人的心裡，我們逐漸麻木疏離，至少我是這樣的。我越來越少和你連絡，幾乎每次都是被爸媽押著去看你，敷衍地聽你說話，說著不停的過去。

這段時間爸爸倒是說了好多過去，好多關於爺爺你初來臺灣為家裡人想盡法子掙錢的事。爸爸說故事時總是詼諧幽默，譬如你辛苦種的西瓜結的太小沒人要、或是你養的魚在菜場一下被搶光因為你賣太便宜。你知道爸爸最像你嗎？固執的脾氣，孩子氣的任性。他也和你一樣，默默一肩扛起這個家。你的離開，他非常難受。

那天凌晨你走了，我們在誦經室或坐或站，悲傷之餘，整夜沒睡的疲憊也幾乎擊垮所有人。只有爸爸拉了張椅子坐在你旁邊，就是一直看著你。你被白布覆蓋著隱約露出身形，爸爸一直看著你，右眼留下一行淚，沒有表情。

昨日靈堂上我們幫你做滿七。我一邊念經，卻不敢正眼看你。照片裡的你看起來好陌生，爸爸說那大概是你五十多歲照的。那個模樣的你我從未見過，臉頰圓潤些，頭髮濃密整齊，唯一能抓出的熟悉感覺，大概就是你的笑容。我想著當

時攝影師按下快門的那一刻，你在想什麼？從哪裡來？拍完又要往哪去？應該都是些令你煩心的事吧。

不過被拍下的那一刻，你的笑好溫暖，那也是我會永遠記得的模樣。希望今天以後，你會放下一切，不論在哪。如果你突然有法術什麼的，也請保佑我的小牛隊明天勝利。

我們都很想你。

爺爺走了以後，修身變了，說不上來哪裡的變化，不過他整個人就好像少了什麼。往後再去那個家探望，只剩下我奶奶。奶奶也是個命運乖舛的人，年輕時四處逃難，來台灣後辛苦持家，等老了還得接受爺爺的無情對待。不過奶奶一直是樂觀的人，愛看戲愛說話，每次去看她就要陪她做這兩件事。

爺爺剛走的那幾個月，奶奶顯得特別輕鬆，因為再也沒有人阻擋她看電視，對她惡言相向。不過久了以後，奶奶也變了，她的身形越來越縮，連話都少了。幾年後喉嚨開刀，奪去她說話的能力，奶奶身體裡那把生命的火逐漸失去光澤。我又開始逃避，能不去看她就不去，雖然心中滿是罪惡，可我就不想看到奶奶衰敗的樣子。

奶奶生命的最後那一兩年整天臥床，見到我們幾乎沒有反應，也不大認得我們。偶而她會從彌留裡跳出來，比手畫腳用嘴型拚命地說她想回老家，或是說她看到爺爺了，看到有人要來抓她。

2019年底奶奶過世，我在北京接到通知並沒有太多情緒，也許早已做好心裡準備。奶奶一身病痛，離開這裡也許是個新的開始。我倒是比較擔心我妹，她從小被奶奶帶大，肯定深受打擊。凌晨兩點多，我妹傳訊來告知一切都好別太擔心，我趕緊跟她通電話。

「妳還好吧？」
「我還好啊，我比較擔心爸。」
「啊？他怎麼了？」
「我沒看過他哭的這麼傷心，他就跪在老奶奶旁邊一直磕頭。」

聽著我就難過。

告別式那天在第二殯儀館忙了整天，也哭了整天，我發覺人在哭泣時好像記憶無法同步操作，所以那晚我寫信給自己，這樣我就不會忘了。

二殯火葬場樓上是個令人煩躁的地方，像一場怪異的實境

秀，每個家族緊圍著長桌而坐，看誰能奪取最多張椅子，誰又能在克難隔出的便利商店買最多咖啡。但也許那只是反骨的我，在司儀怪腔怪調的哭腔後，在禮儀師要我別哭先跟奶奶道別後，在眼睛開始發熱發脹後，在那樣看似寬敞卻被人聲塞滿的窒息空間我只想尖叫。但那也許只是我。

也許在那裡，正常人能獲取一些短暫的情緒鬆懈，不管大笑的、聒噪的、追逐的、看蘋果日報的，當然也有像修身那樣對人生亮起新的燈泡的。

「我跟你們四個孩子說喔，當然我現在不是要交代什麼，今天奶奶的事情辦完了，我只想跟你們說以後我不要什麼念經那些繁文縟節的，因為我沒什麼耐心，我受不了。你們記得喔，三天，就三天把後事辦完，然後我要樹葬。但是要葬哪棵樹我還沒決定。」

「那就那顆金城武樹吧。」不知誰說得引發眾人大笑，「哇靠！我葬那幹嘛？」關於自己的死亡，修身談笑風生。

奶奶過世這十幾天我常想起她，可記得最清晰的只有還在讀高中的某天晚上，我一個人在家。忽然間門鈴大響，鐵門也碰碰碰地響著。打開門，就見奶奶氣喘吁吁，光著腳，眼鏡

都沒帶上。「你爺爺等下就來了！你就說沒看到我！」說完，她逕往爸媽的房間衝。

沒幾分鐘，鐵門再度碰碰碰地響起，一開門爺爺就想往裡衝，他渾身酒氣，我使勁擋著。

「奶奶不在這！你要鬧去別的地方鬧！」
「小群你讓開！不然我連你一起揍！」

「你揍啊！」我大吼，爺爺還真的舉起握緊的拳頭與我傲嬌的下巴對峙，最終還是收手離開。

我來到爸媽房間，不到10坪大卻遍尋不著奶奶。原來她縮在外頭小陽台，像雨中被遺棄的孩子頹喪地發抖著。我們總說人離開了要說他的好，但關於那晚的回憶，是奶奶在我心中永遠留下的註記。所以我不捨，哭到不能自己，連修身說不要葬在金城武樹都一陣鼻酸。金城武樹到底哪裡做錯了？

二殯火葬場樓上，屬於梁家的那張長桌，我看著家人們的瞬間彷彿時間快轉，有人離開，又有新的人坐下。我們不斷地回到這，在繁瑣又傷神的儀式後放下心地交換生活及眼神，然後和在與不在的人道別，然後再會。

奶奶走了以後，修身又變了，這次我可以肯定地說他變得更老了。生老病死，在所難免，我想我不要再當個逃避的孩子，要當個懂得珍惜的孩子。

舊金山孝親之旅 ———— ♪

「我明天去租台車吧,這樣下去也不是辦法。」我在後頭喊,修身沒有回應。跟舊金山其他地方比起來,唐人街的路並不算陡,只是下坡路段對他受傷的膝蓋是很大的負擔,他只好耐著痛一拐一拐地走。方才吃到廣東菜的好心情一掃而空,縱使天氣不錯,我前頭那位老先生的背影披著一片烏雲。

修身是那種不管去哪旅行一定要吃到中國菜的人,媽媽說他最適合跟團,反正起得早、愛吃中餐、又愛買紀念品。這趟旅行前我就已經找好餐廳,而且要算好每日踩點的方向和距離不能讓老人家走太遠,備選名單更是重要,因為老人家很挑。

如果要列舉我人生最痛苦的三件事,第一是看牙齒、第二是吃海鮮、第三就是帶修身出國旅行,尤其是找地方吃飯的時候。某年我們全家去東京玩,特地住進淺草附近的一棟日式老房,我和我妹沒有特別安排行程,反正想去哪就去哪,有時旅行就只是想好好放鬆。

那天晚上女生們去逛街,已經要七點修身餓壞了,我趕緊帶他到淺草寺周邊的巷弄裡找餐廳,真的不誇張,我們繞了足足半個

鐘頭還找不著吃的。一下子覺得這家人太少、一下子覺得坐戶外吃太冷、一下子看菜單太貴、一下子覺得這家人太多，最後終於找到一家完美的烏龍麵店，我們坐下、點餐、倒冰水、吃麵、付帳、沒有對話。走出麵店，修身只說了一句：「這家的麵很普通。」

（cue 正群內心小劇場，請自行想像。）

這次到舊金山短短七天卻有兩大亮點，第一是修身的圓夢之旅，第二是只有我們父子倆的旅行，這一切要從半年前說起。那時修身動了一個小手術，不嚴重但得住院幾天。在醫院其實沒什麼娛樂，只能聊天。修身提起他一直想再去現場看 NBA 的心願，這件事他說了好多年都沒成行，也許醫院的氣味散發著稍縱即逝的氛圍，又或許天蠍座的媽媽聽夠了，她說：「你們都說多少年了也沒看你們行動，梁正群，你現在查什麼時候去最適合，我們現在買票。」

於是我像總經理特助協調各方時間，挑出合適場次以及 CP 值最高的班機時間及價位呈上媽媽，媽媽當場批准把球票機票都買好，於是就這麼決定了，我陪修身去舊金山看兩場他最愛的金州勇士隊的比賽，其中一場還是對上我的達拉斯小牛隊，簡直完美。

出發那天修身心情非常好，背個小背包好像小學生出遊，美中不足的是幾週前他參加籃球社的比賽傷到膝蓋，不良於行。近年工作量減少的修身爲了彌補學歷上的不足，六十幾歲的年紀考上EMBA。老頑童重返校園參加各種社團，只差沒有聯誼，不管怎樣我們做家人的看他生活充實，神色也年輕了，這都是好事。

　　修身是華航的忠實顧客，每回到機場最期待的就是進貴賓室，但他不忍讓我一個人在外頭遊蕩，就把我也拉進去。在門口櫃檯，地勤小姐有點爲難。

　　「不好意思耶，梁先生，您的點數不夠，可能無法讓另一位也進貴賓室。」
　　「（沉重）那他的點數呢？」
　　「不好意思耶，他的也不夠。」
　　「（更沉重）難道不能把兩個人的點數併一起嗎？」
　　「不好意思耶，梁先生，可能沒有辦法耶。」

　　空氣凝結，修身習慣性地將頭歪向右邊20度角的位置，眉頭深鎖，眼神像在看著地勤小姐又好像沒有。地勤小姐緊咬下唇，期待暴雨將至。

　　「哈哈哈哈那幫我們父子拍張照吧！」

修身爽朗的節拍誰也沒接到，地勤小姐總算鬆一口氣。「My son！那你就在外面自己逛逛吧！我們待會登機門見！」他的爽朗和我的白眼爲這趟圓夢之旅揭開序幕。

我在舊金山訂了一間 Airbnb，一房一廳乾乾淨淨，不過因爲便宜離市區比較遠，如果要到球場就更費功夫，坐地鐵大概要一個多小時。修身爲了省錢一直不讓我租車，可是十幾個小時飛行後膝蓋的狀況變得更糟，他相當沮喪。幸好住宿附近的購物中心有一間 Panda Express，到美國的第一餐就吃改良過的中式料理，雖不中亦不遠矣，sweet and sour pork 溫暖了他的心。

第二天是觀光客行程，扣掉前後兩天坐飛機，五天的時間要看完舊金山是不可能的，所以第一站先去惡魔島。修身近年染上自拍的惡習，沒法自拍時就會下很多指示要別人拍，所謂的觀光客行程其實也是網美出外景的概念（詳情請參考本人的 IG）。更惱人的是自從上 EMBA 後，他就多了很多群組，每次幫他拍完照他都得先檢查一遍，挑出合適的一個一個一個一個傳給群組們。

然後我發現不知從何時開始他很愛拍花，各種七彩顏色的花，而且爲了近距離拍到花兒的美麗絢爛，他願意用各種扭曲彎腰的姿勢達成任務，然後仔細檢查，挑出合適的一個一個一個一個傳

給群組們。

抱怨歸抱怨，可是我很珍惜這次跟他出遠門，我們也許不會深談、不會因此變得像朋友一樣聊著天南地北，但這是可以記著一輩子的回憶。就像看他戴上耳機專注聽屬於島上的每一段歷史軼事，我真的很想跟他說：「對啊，爸，你應該多為自己活啊。」

看完惡魔島，接著帶他去漁人碼頭參觀二戰留下來的潛水艇，感覺被稱為民族英雄的修身應該對所有軍事武器都深感興趣，後來發現他反而比較喜歡看聚集在碼頭的海狗，上百隻沒穿衣服的海狗全疊在一起，我看得害怕，他看得不亦樂乎。

這一天因為時差和膝蓋，很早就打道回府，晚餐當然又是Panda Express。這晚外帶便宜又大量的炒麵，配上他從台灣帶來的花生，屬於修身的小確幸。

第三天是重頭戲，是圓夢的第一場比賽，不過那是晚上的事。修身說他想先去唐人街走走順便吃中國菜，我說這幾天吃那個熊貓還不夠嗎？他說那個熊貓根本不夠正統。拗不過父親大人的執念，我向朋友賈斯丁求救，賈斯丁是個對三藩市很熟的饕客，馬上列舉唐人街幾家好吃的餐廳，修身最喜歡有好多選擇，心滿意足。

其實我也是第一次到舊金山，有好多私心想去的景點，譬如 City Lights 書店、Allen Ginsberg 住過的房子、Four Barrel 咖啡，還有酒鬼必去的 Napa Valley。每天醒來都得掙扎一番是該去我想去的，還是去修身想去的。

唐人街的坡度算是輕鬆了，不過修身的膝蓋似乎已撐到極限。「我明天去租台車吧，這樣下去不是辦法。」看他步履蹣跚的停下來，我趕緊跟上又再說一次。「租車吧，你的腳不行了。」他苦笑，點點頭，繼續往前走。

當修身遠遠看到甲骨文球場他的眼睛都亮了起來，健步如飛好像換上鋼鐵人的膝蓋。特意提早到球場，場外卻已經大排長龍，這幾年勇士隊的主場成了炙手可熱的社交場合，經過繁瑣的安檢與擁擠我們終於走進球場。我沿著觀眾席樓梯往下走，回頭卻發現修身沒有跟上，他還杵在入口處，嘴巴微張的接收眼前一切，像第一次看到侏羅紀公園裡的腕龍那樣的感動。

離比賽還有 30 分鐘，兩隊球員接續上場熱身，修身開始暴走。

「幫我跟那個橘色 logo 拍照！」
「我們去球場中間看球員！」
「幫我拍！ Curry 也要拍進去！」

「Curry 怎麼不見了啦！」

「買個紀念品也要排隊啊！」

「一瓶水要七塊錢！」

「我們趕快回座位我要發照片！」

修身像個不受控的孩子在球場東奔西跑，中場休息15分鐘也不放過的又要去廁所、又要找吃的、又要買紀念品然後每一間賣的還不大一樣。兩個小時後比賽結束，我覺得自己比場上汗流浹背的球員還累，難道新手爸媽就是這種感覺？

回到住宿的地方，修身臉上依舊掛著滿足的餘韻，雖然嘴裡一直唸現場看球干擾太多，還不如在家爽爽地看電視轉播，但他邊吃花生邊哼著小曲，當修身唱歌，我的天空也跟著開了。

就說人是慣性的動物，到第四天修身已經養成一套時間管理模式，基本上凌晨4點醒來查看及回覆各群組訊息，6點左右不刻意地把我叫醒，主動或被動地準備早餐。慢活的東弄西弄，我們會在11點前出門，不管今日行程如何一定要在下午3點到4點的時間找地方休息，因為此時台灣天要亮了，修身得查看及回覆各群組的早安圖。日落前必須回到住的地方，因為時差來襲讓他睜不開眼。晚餐當然就交給 Panda Express，兩道菜加一份炒飯炒麵只要6塊8。

這天我開車載他到幾個制高點看金門大橋，金門大橋不愧為世界級的地標，不管從哪個角度都像在某部電影裡看過，就算是初次見面的旅人也像老友般的熟悉。每到一個點修身總會看得出神，像被什麼突如其來的思緒牽著，一個人站在那動也不動。

這天中午他興緻來，說想吃吃外國人怎麼做海鮮，於是我們回到漁人碼頭而且很乾脆地選定餐廳。我叫了一份龍蝦沙拉三明治、一份煎烤三文魚、一碗用挖空的麵包盛的海鮮巧達湯，修身吃得津津有味，說是這趟來最好吃的一餐。這種話聽在導遊耳裡甚是欣慰。

我們坐在戶外雅座，二月初的加州陽光是挺舒服的，碼頭上熙來人往，像一場試鏡大會，來自四面八方的有趣角色為我們展現最自然的一面。修身嘴裡還嚼著我吃一半的龍蝦三明治，他突然抬起頭，眉角下垂地對我說：「我們這趟父子出來玩喔是真的不錯，但我就想到，我怎麼都沒這樣帶我父母出來玩過啊。」語畢，他低下頭繼續啃著難咬的 sourdough，我不知該怎麼回應，只能以一種很酷的方式點頭。

第五天是拿來圓我的夢，這天七早八早就把修身挖出門，正在跑步熱頭上的我覺得來舊金山怎麼可以不在金門大橋上跑步打卡？這座橋看起來很長，其實來回一趟也不過五公里的距離，

我用26分鐘跑完，消耗396大卡。

晚上又再度來到甲骨文球場看本次旅行的第二場比賽，主場的對手就是我的摯愛達拉斯小牛隊。這件事真的很妙，我忠心追隨這支球隊近二十年，卻是第一次這麼近距離看他們比賽。尤其是德佬，這時他已邁向球員生涯的黃昏，偶有佳作，可是經年累月的耗損使得跑動能力大不如前，大家都在猜他什麼時候會宣布退休。

看他在場上熱身，還是一球一球按部就班地把自己準備好，真的很感動能在他球員生涯最後這段旅程追上，站遠遠的，用意念和他致謝。然後我發現那位看著他成長，陪他去澳洲流浪的恩師就坐場邊，即便是二月的一場無關緊要的比賽也不缺席。我始終提不起勇氣找他說話。

圓夢的第二場比賽修身也安分許多，似乎真的認為現場看球只是在看氣氛，真的要欣賞球技還是得靠電視轉播的鏡頭切換，身歷其境。不過當晚他的群組們還是收到很多自拍照片。

第六天，也是在舊金山的最後一天，我提議去知名的當代藝術館看常設展，修身欣然答應。他的 EMBA 同學們常會安排各式藝文活動、參訪演出，修身也深受影響，願意嘗新，而且個性毛

躁的他學會靜下來細細品味。

　　館內正好有一個與知名底片公司合作的裝置藝術，觀賞者可以藉由正面拍攝的鏡頭產生的畫面，通過手部或是其他物品遮蔽形成有趣的光影效果，結束還可印出來留念。我跟修身在那玩了很久，印了很多張，我們好像朋友一樣嬉鬧著。

　　我把印出來的全給他，電子檔全寄給我自己。

　　回程的飛機上我把這次拍的照片翻了一遍，翻著翻著乾脆把手機裡的照片全看了，我發現只有我們倆的合照都是這趟旅行拍的。不管什麼原因我們都忘了紀錄彼此在不同年紀、肩並肩站著的不同樣貌。

　　到了台灣，父子倆各自回住的地方，臨進門時媽媽傳來一封簡訊，我笑了。「帶你爸出門辛苦啦，媽媽要謝謝你，你爸跟我說他很開心你帶他去玩這一趟。」修身還是無法當面告訴我，但我想這樣就夠了。

CHAPTER

6

有些事，有些話，
放在心中剛好

再見，德佬———

　　為了寫這接下來這篇，我特別開了一瓶紅酒，坐在電腦前把德佬宣布退休的那場比賽再看了一遍。那時的氣氛是這樣的，大家普遍認為2019球季會是他最後一年，但德佬從沒正式宣布。再加上小牛隊在這一年的選秀會選到頗具明星相的新人 Luka Doncic，也從交易市場換來沉寂多年的潛力股 Kristap Porzingis。所以在球隊前景美好的情況下，我們死忠粉絲總覺得德佬會再留一年，傳道授業解惑也。

　　退休的那場比賽他的表現非常好，體能狀態感覺再多打兩年也沒問題，雖然從電視轉播能看出現場是一片離別的氣氛，球團也準備好賽後盛大的告別典禮，我們死忠粉絲還是緊抓著一絲希望，畢竟德佬從來沒有正式宣布。

　　德佬成長過程崇拜的傳奇球星全到現場了，一個一個輪流對他說出感性又風趣的告別，最後麥克風終於傳到德佬手上。他不斷向現場球迷致謝，很明顯地壓抑內心悸動，全場球迷齊喊「MVP！MVP！」

　　「謝謝你們，謝謝我敬佩的英雄們特別來現場，我看著你們長

大，崇拜著你們，所以你們今天站在這裡對我來說真的是很有意義。還有馬克老闆，我球衣退休那天我看你要怎麼辦？你把今天這個儀式搞這麼盛大⋯⋯」

接著德佬整理情緒，用他幾乎沒有腔調的英文對全場說：

「我想你們應該都知道了，今天是我最後一場比賽⋯⋯」

現場幾萬人幾乎同時發出一個聲音，那個聲音裡頭有不捨、有不可置信、有更多的哀求他不要離開。這滿滿二十一年的回憶。德佬的眼淚奪眶而出，在家看轉播的我早就以淚洗面。

想也知道就算過了兩年，那樣的離別場合配上那樣煽情的音樂，還是能勾起我這個鐵粉心中的波濤洶湧，尤其聽到他說出「今天是我最後一場比賽」幾個字，當時所有的情緒又像搖過的可樂瓶那樣衝上來。

寫這本書的初衷除了想重新檢視我和修身的情感，也想藉由我追著德佬的二十年勾勒我和修身相處的回憶。也是很巧，德佬在NBA起起落落的時間軸正好與我當演員起起落落的時間軸大致吻合，就心理層面來說就像有個人，不管那個人身處多遙遠，他都能懂我的喜怒哀樂。

德佬拿過冠軍、拿過 MVP、在萬人的祝福下光榮退休。他的人生在最高點完成階段性任務，他成為我的啟發，激勵我到現在四十二歲還願意努力找尋屬於我的代表作。我想寫的就是這樣一個在我生命中的存在。

但從下筆那一刻我就很掙扎德佬的篇幅該佔本書多少比例，因為我不知道這本書的讀者會有多少籃球迷，更別說對這位在美國發跡的德國人有任何情感連結。翻遍過去我曾寫過關於小牛隊的文章，期望在其中能找到一些靈感，這才發現我很少寫到德佬，就像很少和修身合照，好像越在意的人感覺越不需要特別在意。

我倒是莫名地寫了很多次公開信，像個憤世忌俗的大叔擊鼓申冤，什麼都有意見。我必須和大家分享其中超無聊的一封，是寫給叫 Harrison Barnes 的球員。那時他在勇士隊，冠軍系列賽打得有夠差，差到連我這個別隊的球迷都看不下去。

致 Harrison Barnes 的一封公開信

哈利森，我可以叫你哈利嗎？是啦，其實我們沒那麼熟。我知道你讀北卡，進 NBA 時大家很看好你，天資好外線普通，單打也普通，然後今年是自由球員，應該很多隊搶著要你，差不多就醬。

球場上常感覺你很忙，又不知道你在忙什麼，而且不知道為何你表現好的時候，往往是球隊輸球的時候。剛有提到你今年是自由球員，滿多人預測你會去湖人隊，而且會拿最高薪。但你我都知道你不是那種能一肩扛起像 Kobe 那樣的看板球星。你是那種不好也不壞的次級球星，就像維力炸醬麵的存在。

希望你能明白這不是在看扁你，事實上如果你是一支球隊的第三或第四攻擊手，是挺稱職的。但剛才那句話是我今天以前對你的想法，今天過後我真的無法再說你是球星。

您今天的數據是這樣的，上場16分鐘，投8中0。您得了0分，0助攻，2籃板，在冠軍賽關鍵的第六戰、在您最該挺身而出、在您即將成為自由球員的這一刻。哈利！你有聽到什麼聲音嗎？那是錢從你口袋掉出來的聲音啊！

拜託你別來小牛隊。

正群敬上。

後來他真的轉來小牛隊，因果報應沒有天理，但那都過去了。

德佬退休前我也寫了一封公開信，信裡頭有很多之前已經提過的內容，就當成是一次考前總整理吧。也許我這輩子都不會碰到德佬，但至少有文字記下我的真心，分享給你們，希望你們也能感受。

　　我不知道該怎麼跟 Dirk 說再見。

　　我不知道該怎麼跟一個素昧平生、卻在心裡跟他相處二十年的人說再見。我坐在這回想過去，這二十年來每個人生階段都有屬於他的回憶，而且某種程度都和我父親有關。我和父親不是特別親，別誤會，我們感情好，只是總說不上話。軍人家庭長大的父親不知道該怎麼跟孩子聊天，除了讀書工作這類傳統話題，唯一沾上邊能聊幾句的只有 NBA。

　　我在溫哥華住了八年，那段日子和父親一年只見一兩次面，所謂的國際電話要就不好打，要就是接通了音質卻聽起來像在外太空，如此灰心的對話方式讓我和父親更沒話聊。剛好也是那段時間 Jordan 退休，本地球隊溫哥華灰熊又爛到讓人灰熊美宋，我只能在熱愛的運動裡尋尋覓覓著支持對象，然後我找到了 Dirk Nowitzki。

　　幾次父親飛來看我和妹妹總待不上幾天，正拚著導演工作的

他每回拖著疲憊身軀來，除了嚴肅還是嚴肅。能讓他開心的除了見到唯一的女兒，就只有當我跟他聊那個「七呎很會投三分的大個子」時。

03 年我回到台灣，跟父親的關係降到冰點，一方面分開八年的隔閡很深，一方面我根本不知道接下來該做什麼，父親替我心急不知該如何是好。那段時間的小牛隊也不知該如何是好，戰績一年比一年好，可是球隊總沒有一個大方向。父親到處打聽、拜託、幫我找工作，小牛隊到處交易、簽人、不斷和冠軍擦身而過。

那些球員 Christian Laettner、Nick Van Exel、Raef LaFrentz、Antoine Walker、Antawn Jamison 不管哪個排列組合都讓我氣到摔杯子。他們辜負德佬和他的青春，就像我的渾渾噩噩辜負了父親對我的期望。

每晚我們坐電視機前，父親咬著花生，手邊一杯小酒，在電視重播球賽的閃爍中不發一語。

故事在這裡來到第一次高潮。06 年小牛隊拚到冠軍賽，我也開始在配樂工作上有些成績，想當然我和父親的關係稍稍好轉。小牛隊勢如破竹，冠軍賽前兩場大獲全勝，七戰四勝

的賽制基本上已經贏了一半。沒想到他們接著連輸四場，輸掉冠軍，如此的反高潮將我從天堂打進比地獄還深的地方。這樣的形容讀起來誇張，只有傷透心的球迷能懂。那天我關上電視，一個人帶著球到社區籃球場，場上只有我，我一球一球地練投，腦袋裡真像小說寫得哄哄地迴盪著無法思考，我一球球地投，直到某一刻我哭了。

那天晚上父親依舊咬著花生，手邊一杯小酒，電視卻始終關著。我想那是他安慰我的方式。

接下來幾年，我轉為演員，雖然工作不穩，卻有種找到生命初衷的解放。開始渾渾噩噩的是小牛隊。那幾年戰績特別差，每年夏天擁著大把鈔票卻挖不到可用之才，所以只能不斷地拼裝，一年年的浪費德佬身為運動員的巔峰。輸掉冠軍的第二年夏天，Dirk 帶著恩師在澳洲內陸流浪一個多月，那樣的自我放逐給了他某種力量，或是說放下了某些事，即便之後在季後賽幾次羞辱的挫敗，他還是穿著同一件球衣四處征戰，一步一腳印。

2011年，那年小牛隊總算拿到隊史上第一座冠軍，而且是在賭盤一致唱衰的氣氛下拿到冠軍。故事在這裡來到第二次高潮。槍響那一刻，德佬不顧場上的狂歡直接衝進休息室，

癱在淋浴間的長椅上。他用毛巾蓋住臉,毛巾下的他哭到不行,兩位小牛隊的職員一旁苦勸他出去和隊友一起接受頒獎,Dirk 說:「給他們狂歡吧,我真的沒有辦法站出去。」太平洋另一端的我也是哭到不行,很想打電話給誰又不知該打給誰,父親卻先打來了。正在拍戲的他只能用氣音笑笑地說:「恭喜你啊,你們終於拿到冠軍了。」我哭得更兇。

又再接下來的幾年小牛走上回頭路,就算捧著大把鈔票什麼明星球員也請不到。LeBron、Melo、Dwight Howard、Deron Williams 還有惡名昭彰的 DeAndre Jordan,沒一個大牌願意來。那幾年,我的演員生涯也進入撞牆期,出道晚又從沒被定位成實力派演員,能接演的戲路是越來越少。我老了,德佬老了,父親也老了。

2017 年底父親開刀住院,幸好不是什麼大手術。有天我們在病房聊起 NBA,父親提起每年都想去現場看球但每年都沒去,直爽的母親再也聽不下去,很有效率地幫我們訂好球票機票。隔年年初,我帶著父親飛往舊金山看他最愛的 Curry,也就那麼剛好,其中一場比賽正是對上小牛,那是我第一次親臨現場看他們比賽。

我們提早一小時到球場,父親在那頭看 Curry 有名的熱身,

我在這頭癡癡地看著德佬。他真的好高，跑起來像個腰不好的老人，但他還是認真暖身一刻不鬆懈。傳說中的恩師就坐在不遠處。想想德佬跟我同年，我卻站在觀眾席像見到神明般的震攝，自己都覺得荒謬。不知什麼時候父親來到我身後，雙手搭住我的肩搖晃了幾下，好久沒見他這樣大的笑容了。然後我們回到座位，然後我們一起看著比賽，小牛最後輸了大概30分。

那天晚上我們回到住的地方，父親同樣咬著花生（出國也不能忘），剛開完刀不能喝酒。我們在體育頻道閃爍的光芒裡，有說有笑。

我還是不知道該怎麼跟 Dirk 說再見，但有些事有些話，放在心中剛好。

謝謝你，Dirk Nowitzki。

離家⎯⎯⎯᧐

　搬出來自己租房子後 （脫離修身後），換了三個地方，不管在哪總會碰上有趣的鄰居。

　好比說一開始住的青田街，對門鄰居是一對母女，從我搬進去那天，那位媽媽只要見到我總明示暗示地要我別太吵，她說她精神衰弱女兒又要考大學，一點噪音都承受不起。我自認是相當檢點，而且錄音專業的我很清楚什麼是正常音量，但那位媽媽還是時不時來敲門，然後用一種極婉轉的說法嫌我吵。譬如「不好意思啊，你剛在看的是六人行喔？」

　過沒多久，母女搬走，新房客是一位穿衣俐落的金融界大叔，他用稍嫌偽造的 ABC 腔跟我說明他剛從美國回來，對台灣不是很熟悉，邀請我有空去他家品酒閒聊。我都還來不及赴約呢，就開始隔著門聽見金融大叔邀不同女子回家品酒閒聊，然後再隔著門聽他們在床單上滾來滾去。

　後來搬到市區，也是住最久的一次，對門大姐很照顧我們，常會幫忙收信啊什麼的。但我在猜那次在家開聖誕趴後來也是她報的警。

大姐家住好幾位其他年紀相仿的大姐，還有一位應該是某位大姐的兒子叫 John。為什麼知道他叫 John？因為他的復古偉士牌機車上貼了一張「John」。John 來來去去不常回家，每次關鐵門總用甩的，唯一曾經跟他說到話的時候，John 用很誇張的 ABC 腔說了 LA 這兩個字。

我一直以為大姐很討厭養過狗、養過貓、又愛瓊瑤式地跟太太吵架的我，但是搬走那天大姐氣喘吁吁地提著菜籃趕來，發現我們還沒離開她鬆了一口氣。「太好了，我還想說趕不上跟你們說再見呢。」「原來你們要搬去北京啊？那以後你的廣播怎麼辦？」原來大姐一直有在聽我的節目。

來北京後住的小區平常算安靜，但隔壁那對母女每兩天就會大吵大鬧，吵鬧模式如出一轍。首先你會聽到女兒撕破喉嚨地尖叫，用高頻說一堆只有海豚聽得懂的氣話。接著媽媽會用稍微低一點、屬於中年婦女的高頻尖叫，說一些中年海豚才聽得懂的教訓話。

然後會聽到「蹦－蹦－蹦－蹦－」，女兒負氣衝上二樓，「乒－碰－嘩－啦－」邊叫邊把東西往樓下砸。媽媽這時也氣不過，「蹦－蹦－蹦－蹦－」跟上二樓，彼此的尖叫糊成一團怨念。

平日這樣吵就算了，週末還吵真的是壞人心情。我把這對妙鄰居的故事告訴住上海的媽媽，她也只是見怪不怪地說租房子不就這樣，過陣子就會習慣。

　　搬到北京最不習慣的就是這對瘋狂母女，其他生活大小事我和太太都算甘之如飴。決定離開舒適圈當然經過一番掙扎，去年算我出道第十年，以演員生涯來說應該已經要穩定茁壯，可我接的案子還是有一搭沒一搭，角色也大同小異。迷失的我，有天很冒昧地請譽庭姊給我建議，關於我的未來該何去何從。說冒昧確實如此，我們雖有合作卻不熟識，這樣情感基礎下冒昧要她給我一個方向，應該也挺為難她的。不過譽庭姊倒是接受我的請求，隔天傳給我一篇長長的答覆，簡而言之，她認為世界如其大，如果條件允許我應該要出去闖闖。

　　真的決定了，太太也很貼心地辭掉工作陪我一起，所有的道別都發生非常快。而且只有在這種時候才發現原來要和每天習以為常的人事物道別是如此困難。就拿家附近那間 7-11 來說，因為太常光顧反而和裡頭三位店員成了朋友。

　　一位是早班，她的馬尾永遠紮得死緊，緊到頭顱兩側的頭髮緊貼頭皮，髮絲像上過油般的平整滑順。她說話時總會縮著下巴，用一種深怕說錯話的用字遣詞與客人聊天。譬如太太辭職後

的某天早上，她在幫我結帳時很小聲地帶些抖音說：「誒……你太太……是不是沒有……工作了……她怎麼……都……平日中午……來買大冰拿……嗯？」

另一位是午班，似乎是店經理，她和早班馬尾女完全相反個性，永遠戴著口罩元氣滿滿地大聲跟熟識的客人打招呼。她很喜歡狗，附近幾位養狗的客人會帶狗到店裡聊天，她也會準備各種小點心請不同的狗吃。午班口罩女的外向愛聊深獲鄰居婆媽的信賴，但是好幾次我看她躲在店旁小巷內陰沉地抽菸，陰沉到我會假裝不認識。我想這也算某種反差萌，而且我從未真正見過她口罩下的樣子。

最後一位是晚班中年小哥，中年該怎麼當小哥？只要不定時在頭髮兩側剃上不同圖案即可。有時是三條橫線，有時是一條閃電，搭配著像在寶島眼鏡配的資工男專屬款式，我想這更是種反差萌，或著說他骨子裡就燒著叛逆。當他知道我要搬去北京，他大談闊論這幾年是如何與弟弟在廣州開飲料店，又是怎麼決定把弟弟留在那磨練，自己則在便利商店工作累積實力。「如果到廣州記得來找我喔！」中年小哥如此跟我道別。我說「好好好一定會」，然後沒有交換 Line 地離開。

把房子交還房東那天，馬尾女與口罩女剛好都在，知道是我和

太太最後一次來，口罩女驚呼「什麼？」然後自顧自地忙，馬尾女倒是多講了兩句，

「喔⋯⋯所以你們要⋯⋯出發了⋯⋯嗯！」
「對啊，等下要交屋了，可能有緣再見囉。」
「喔⋯⋯好⋯⋯那祝你們⋯⋯北京一切⋯⋯順利⋯⋯嗯！」

我和她有點逗趣地互相鞠躬，心裡卻是酸酸的。

如果和點頭之交告別都能在心中泛起漣漪，我更不知道該怎麼和親朋好友說再見，而且講實在話兩座城市相距不遠，有工作或什麼的隨時可回來，何必沉重？所以從那之後不管面對誰我總一派輕鬆，告別無需傷感，傷心的人別聽慢歌。

不過可想而知，最捨不得我離開的是修身。

一年前他才飛到美國德州把女兒嫁掉，人家都說女兒是爸爸的前世情人，但我妹比較像修身前世的債主，冤冤相報討債到此生。女兒出嫁就算了，嫁得還是一位金髮碧眼外國人，我就記得修身第一次和未來女婿見面的那場火鍋局，他採取了三大攻守策略：

1. 到處交談，以字數掩蓋不自在。
2. 假裝不會英文，避免正面交談的可能性。
3. 主動夾菜給洋男友，以柔克剛，化尷尬爲波士頓大蝦。

以上各位有女兒的爸爸可以參考一下。不過到了真正見親家的時候修身也束手無策，我就記得那晚的第一步就踩錯，親家貼心歸貼心，約在我們下榻的旅館附近聚餐，可對地大物大的德州人來說所謂附近也是要走個至少一公里，修身面對一家子外國人已經是十分彆扭，行軍吃飯這件事讓他失去耐心。沒耐心加上彆扭就像吃榴蓮沾哇沙米，也難怪晚餐時間當和藹的親家母要我幫忙翻譯：

「So can you tell me what Mindy was like when she was little?」
「親家母說想多聽些嘉媛小時候的事。」

修身聽了思考半晌，輕咳幾聲後嚴肅的說：

「我三個兒子結婚的時候喔，媳婦的父母都會跟我說我們女兒要麻煩你照顧了，所以，你也要跟他們說，他們也要好好對我女兒。」

我驚呆了，始終保持專業微笑地向親家母回報我妹小時候的個

性及她曾做過的蠢事，三句國語我翻了十幾句英文。還好酒過三巡後修身終於放鬆，晚餐順利，隔天的婚禮也順利。

不過在修身的心裡，女兒嫁掉了、二兒子住新加坡、太太長年派駐上海，現在小兒子又準備搬去北京，不願留卻又留不住的複雜情緒，更不知該如何用口語表達。有天，就我們倆在新光三越的樓上吃飯，光速跳過工作上的關心，修身開始像選西瓜般旁敲側擊我搬家進度。聽得出來他非常擔心，因為不管我計畫多詳盡，他總能找到一個負面的擊破點，想也知道上最後一道菜時我已無比不耐。

我總認為擔心歸擔心，不需要用最糟的可能性來「提醒」孩子，可是這好像是許多父母會選擇的方式，因為他們的父母也是那樣「提醒」他們的。說者無心聽者有意，孩子如我聽了只會懷疑自己的深思熟慮都是白搭，難得的晚餐又是不歡而散。

搬到北京一個多月後的某晚，我和太太出門與朋友聚餐，酒量差的太太不小心喝多了，回家就是鬧脾氣。她抓著我的手一直哭，吵著要回家，我說「妳已經在家啦」，她哭得更兇。「我要回台北！我要找我媽媽！」然後一直重複。太太個性單純，搬到北京對她心理的壓力是真切地被壓在她嘻嘻哈哈的個性底下，借酒發了出來，我心好痛。

一個人的決定對身邊人影響多深，他們只是都裝著沒說出來。

出發北京的前一晚又和修身聚餐，老人家說話總愛繞圈子，修身說話能繞地球三圈半，所以講到半夜兩點還是不知道他在擔心什麼，又或是說不知道他為什麼那麼擔心。看著兒子如此不耐煩，修身也只能摸摸鼻子睡去。

隔天早上，修身準備和從德州來參加台北婚禮的親家出門遠遊，我特地來送他們順便道別，每個人都是輕鬆愜意的祝福，只有修身拍拍我的肩膀，輕嘆一口氣的說：「My son，去北京了啊，任重道遠啊。」

看他們車子遠去，不孝兒只好喝起便利商店的咖啡來掩飾眼裡的不爭氣。

後記　我與修身

我們又吵架了。

不，這不是一對父子的故事，這是一對戀人的故事。

俗話說人算不如天算，天算不如休傑克曼，搬去北京不到一年的時間我幾乎有一半在台北工作，當然懷著感恩的心，要謝謝所有賞飯吃的製作團隊，但另一方面我和大部分在台北見到我的人心裡想的都是同一件事——「你到底搬去北京幹嗎？」

常出現在台北，就代表必須和在北京工作的太太分隔兩地，感覺上她還挺習慣自由自在的日子，射手座崇尚自由，少個獅子座的男人在耳邊叨也是一種快活。我雖然是男獅，心裡卻像個女孩似的纖細，我總認爲分開的日子每天都得視訊，再怎麼糟至少得通個電話。我深怕如果不維繫，感情就成了流沙。

可我的太太不喜歡視訊，她甚至連電話都懶得講，在她邏輯裡如果摸不著碰不到就是白搭，透過聲音及二維影像的感情只有空虛。正群姑娘可不依，感情這種事豈能兒戲，於是兩天一小吵、三天一大吵，所有搬到北京後的怨念趁此機會全面出清。

太太覺得一個人被拋在北京，我覺得爲了工作我也是逼不得已；太太覺得每晚十點下班還來什麼視訊，我覺得我工作也累對

她還是思念不停。反正理念不同怎麼吵也不會有結果，但正群姑娘的缺點是很容易吵架吵到走心，心過不去就會馬景濤式地說一堆沒有邏輯的氣話，而且一直唸一直唸，直到太太的理智線被燒掉。

「夠了！這麼黏膩的愛情我不要！」

她把電話掛了，我在台灣上演馬景濤式鎚床大哭。對，我自己現在想著都笑了。

其實在北京的日子過得挺充實，白天可能去上健身課或跟經紀人四處建立人脈，晚上就等太太下班回家，也許叫個外賣，看愛奇藝做功課。知道我在台灣最懷念北京什麼嗎？就是外賣。撇開便利性（畢竟在台北外送也挺方便），我想念的是在台灣吃不到的食物，譬如從東北傳來的烤冷麵，譬如發源於陝西的油潑麵，譬如不知誰發明的烤串。

但知道我在北京最懷念台灣什麼嗎？是拉麵。不知為何北京找不到好吃的拉麵，所以每回只要待的時間長了就很想吃來自橫濱的大和家，或是辣辣的味增拉麵鬼金棒，或是湯頭濃到不行的鷹流，或是最常去吃的東京油組拌麵。最後這家可是經過修身認證，只要他吃完會跟店家要名片的餐廳，就是一家修身認證的餐

廳，因爲之後他會不斷地約朋友或是自己一個人去。

　　這幾年修身倒是常一個人生活、一個人吃飯、一個人看電影。這幾項在動不動洗版的孤獨指數表雖不是名列前茅，可是考慮他的年紀，那個孤獨感應該要再乘以10。也許他很享受一個人看電影，那樣自在地選自己想看的片，然後讓兩個小時的黑暗包圍，窺視一段不知道結局的人生（或是看馮迪索大開殺戒）。

　　一個人吃飯倒是比較難適應，至少我找不到箇中滋味。除非我是料理鼠王裡的美食評論家，一個人吃飯好像就只是爲了滿足生理需要，吃飽打嗝買單走人，一點浪漫和小費都不留。我覺得上館子吃外食絕對要兩人或以上才有意義，除非吃飯的兩人是我跟修身。

　　原本住的公寓早已退租，我回台北得借住爸媽家，媽媽都在上海，所以每天基本上就是我和修身大眼瞪小眼。如果這是一齣實境秀，我會把它取名爲《修身同居日記》，對白不多、動作不多，大部分時間我倆各據住處的一角，隨著時間流動我們存在的位置也跟著流動，鮮有交集，像哈雷彗星每隔七十六年才掃過地球。

　　雖然住家裡有種尼特族的廢，但我怎麼樣都餓不死，因爲修身每天都會將我的三餐準備好，即便有事要忙也會蒸兩顆白煮蛋讓

我一天元氣滿滿。修身不只幫我備餐，還會盯我用餐，譬如像這樣：

「My son，早餐冰箱有三個韭菜盒，三個炒菜，還有一大包滷味，還有兩個饅頭。喔，這裡還有一顆蛋，你今天可以慢慢吃。」

「哇，冰箱還有兩個韭菜盒啊，三盒炒菜也都還在，你可以當中餐啊。那包滷味你怎麼沒多吃一點呢？兩顆饅頭你如果要熱可以放張紙在上面，等微波出來，熱呼呼的呢。誒那顆蛋你怎麼沒吃啊？」

「哇，韭菜盒、炒菜都還在啊，晚餐你怎麼沒有熱饅頭來吃呢？哇，那顆蛋也還在啊！」

如果有國小老師想用這段出題請自便，只要題目最後的問句是：「請問正群今天到底吃了什麼？」

沒錯，修身會算我吃了什麼，不擅表達愛的他最容易的方式就是讓子子孫孫吃飽，吃飽就是福，吃飽他就滿足，這道理就算我已經四十二歲也是成立。但他自己呢？他不大吃東西，不管是因為想留給我吃或是有偶包想保持身材，老人家就是不大吃東西。譬如像這樣：

「爸，你中午吃了嗎？」

「我吃了一根黃瓜。」

「拜託你吃什麼黃瓜啦！黃瓜有什麼營養！你爲什麼吃飯這件事都講不通啊！」

「那我來吃吐司。」

「什麼吐司啦！你知道爲什麼你常感冒！就是抵抗力不夠啊！爲什麼不夠！就是因爲你都不好好吃飯啊！」

「那我再加點花生。」

　　朋友都勸我吐司加黃瓜加花生聽起來是很健康的素食三明治，但他分開吃就是不對勁。所以我倆相處的時候就是在不斷拉扯，扯到彼此怨懟，可是出發點都是好的啊。我也發現這段時間重新適應和修身住，同時間又在寫這本所謂自我療癒的書，骨子裡卻對他的言行舉止還是充滿不耐，譬如那次修身飛上海我飛北京，雖然晚我一小時出發，但他堅持陪我先到機場，過了海關後，修身開啟談話。

「My son，你外套帶的夠嗎？北京很冷喔。」

「反正就上車下車還好。」

「哎呦，我們的座位怎麼差那麼多排啊哈哈哈。」

「我們又不是坐同班機。」

「對了你不是都要買咖啡嗎？我陪你去買。」

「我不想喝咖啡。」

話不投機，修身默默地走進他最愛的貴賓室，空留我在二航廈的星巴克懊悔。像這類的事一再發生，我不大知道該怎麼辦，我像伊卡洛斯明知道蠟做的飛行翼不耐熱，卻一次又一次地往烈日飛去。

2020 年是個很糟的年，從一月一日那天開始就什麼都不對，二十年後人們回顧這一年想到的是因爲疫情讓我們的世界有很大改變，而我們還不知道這些改變是暫時的還是又一次地被迫進化。但對於 2020 年我只想到農曆放假那段時間，媽媽放下難得休假沒日沒夜地處理公事，都是因爲疫情。然後很快就到了她必須回上海復工的日子。

那天早上我是被滷肉的香氣喚醒。每次回上海前媽媽都會煮些好菜留著，細心地用保鮮盒分裝份量，放進冰箱留我們慢慢食用。

但那天早上她倒是沒時間分裝，爐子上的小火還燉著那鍋滷肉，另一邊她得繼續聯絡上海那邊的人事：口罩備的夠不夠？外地員工何時上班？懷孕或正在哺乳的員工是否別讓他們冒險？媽媽從初一就在煩這些事沒一天睡好，整日焦躁。修身也

覺得焦躁，望著太太一天天身心俱疲卻怎麼也幫不上忙，而且真的要讓她回上海？

回去前兩天媽媽在家崩潰了，她悲觀地覺得這趟離開至少半年，但這是她的工作必須回去，天人交戰。媽媽在家人與責任間做了選擇，我們好像只能暫時忽略心中的抗議，因為這個時候她最需要的是支持。好像把她一輩子的時間在筆記本上畫一條線，然後在某個時間點用紅筆註記，我們每個人再簽上自己的名字。

那天到了機場離登機還有一段時間，媽媽卻要我們趕快回家，修身選擇用他最擅長的冷笑話掩飾心中不安。「你們再不回去是要看我哭嗎？」媽媽自嘲地說著，以為我們看不見她的眼淚。

我們起身送她入關，這些年來不斷接送，這樣再熟悉不過的場景，那天的空氣裡卻是滿滿無法說穿的脆弱。「沒事，沒事，沒那麼嚴重。」我裝著莫名其妙的口音抱抱她，她就進去了。

以往修身總目送著，一直到他能看到最近的位置不斷揮手，媽媽也總一直到她能看到最遠的位置不斷揮手。但是那一天，她怎麼也不回頭。

很老派地說這都是我們的選擇，我回台北工作、媽媽回上海工

作、修身堅守著父親的角色，理當成熟的我也開始相信高牆的另一邊只有光明，越是動盪的世代，越是要相信光明。剛才那段話也是我想跟修身說的。

這幾年因為市場萎縮，這個圈子的許多人工作量少了，修身也不像以往那麼忙，勞碌一輩子的他好像正面臨一個新的人生階段。他大可選擇退休，卻還是每天燒腦地想著新劇本、新概念，他看遍院線的每一部電影，期待頭上燈泡點亮的那一刻，在熟悉的舞台上聚焦所有的燈，再一次璀璨。

不為什麼，因為他真的很愛他的工作。

可私心的看，我倒覺得修身勞碌一輩子是該好好休息，好好過他想過或是錯過的人生，像是報考 EMBA，像是最近他開始學吹薩克斯風。我知道人都必須找到自己的價值，對我來說，我的父親早已價值連城，他只需好好的為自己生活。

至於我，我好像無法因為寫這本書而改變什麼，梁家的孩子都有一種倔，那是一脈相承的優點也是缺點。也許到五十歲的我還是會幼稚地因為修身批評我的演技而生氣，或是因為太太不想視訊而崩潰。這是一輩子的修行，更重要的是信念。

Michael Jordan 是歷史上最偉大的籃球員，無需筆戰因為我堅信不移。1993年的夏天他在球員巔峰時宣布退休，震驚全球。因為不合邏輯，那時各種暗黑的傳聞或陰謀論傾巢而出，可是大家都忘了幾個月前他的父親才被謀殺，父親在心裡的重量一夜消失，Jordan 的心也空了。所以他選擇退休，選擇改去打棒球，因為小時候父親是希望他打棒球的。

最偉大的籃球員如此任性，大部分人（包括我）等著看笑話，但他還真的打出難得的好成績，像是要完成某種遺願。然後他在兩年後重新復出。

1996年的父親節，Jordan 率領芝加哥公牛隊拿下隊史第四座冠軍，而這是第一次在香檳淹沒的休息室裡 Jordan 的身旁少了父親的陪伴。那晚攝影機全記錄下來了，Jordan 抱著剛才比賽用的籃球，趴在地上痛哭失聲。

修身在我心中的重量也是夠沉的，不管在我工作上、生活裡、甚至我的自信，修身永遠都壓在肩上。或許這是我抗拒的核心，又是一種伊卡洛斯的驕傲及不自量力。

還記得書的開始提到的鬍子之亂嗎？修身藉由各種管道要我刮鬍子，我失去耐心回嗆他一頓，然後他竟然離家出走直到一週

後才願意和我說話。那天他傳訊來約晚餐，我準時赴約他卻早已坐在那，大大的微笑好像鬍子之亂從沒發生。太太剛好回台休假，她也剛好當某種催化劑，炒熱氣氛。

我們吃的那家居酒屋歷史悠久，太太說她小時候就已經吃過，我記得上回跟修身來已經是好久以前，那次全家人都在，難得的相見歡卻只剩下片段回憶。我試著用還記得的隻字片語喚醒修身對那晚的記憶，但他全忘了。不過幾杯清酒下肚，他看著我的臉悶哼一笑，我和太太頭上都是問號。修身說看到我的臉就想起不久前才發現他的大兒子也要五十歲了，而現在坐他面前耍酷的我也四十好幾，修身說他真的老了。

「我還記得，你小時候都會抱著我睡覺呢，你大概都忘了。」

我的耳朵熱了起來，不知是因為尷尬還是因為我真的忘了，我拿起酒杯說我先乾為敬，我們都笑了。

修身與我，有時還有小牛

作　　者／梁正群

主　　編／林巧涵

責任企劃／倪瑞廷

美術設計／李佳隆

人物攝影／Karren 高愷蓮

妝髮造型／小維大桔

內頁排版／唯翔工作室

第五編輯部總監／梁芳春

董事長／趙政岷

出版者／時報文化出版企業股份有限公司

108019台北市和平西路三段240號7樓

發行專線／（02）2306-6842

讀者服務專線／0800-231-705、（02）2304-7103

讀者服務傳真／（02）2304-6858

郵撥／1934-4724時報文化出版公司

信箱／10899 臺北華江橋郵局第99信箱

時報悅讀網／www.readingtimes.com.tw

電子郵件信箱／books@readingtimes.com.tw

法律顧問／理律法律事務所　陳長文律師、李念祖律師

印　　刷／勁達印刷有限公司

初版一刷／2020年7月31日

定　　價／新台幣350元

時報文化出版公司成立於一九七五年，並於一九九九年股票上櫃公開發行，於二〇〇八年脫離中時集團非屬旺中，以「尊重智慧與創意的文化事業」為信念。

修身與我,有時還有小牛 / 梁正群作. -- 初版. -- 臺北市：時報文化, 2020.07

　　　ISBN 978-957-13-8287-6(平裝)　863.55　109009636

特別感謝／